U0475166

土屋隆夫

TSUCHIYA TAKAO

七曜文库

吉林出版集团有限责任公司

危险的童话

曹逸冰 译

吉林省版权局著作权合同登记 图字：07-2011-3034号

图书在版编目(CIP)数据

危险的童话 / (日) 土屋隆夫著；曹逸冰译. — 长春：吉林出版集团有限责任公司, 2012.12
(七曜文库)
ISBN 978-7-5534-0115-7

Ⅰ. ①危… Ⅱ. ①土… ②曹… Ⅲ. ①推理小说—日本—现代 Ⅳ. ①I313.45

中国版本图书馆CIP数据核字(2012)第190895号

危险的童话

作　者　[日]土屋隆夫
译　者　曹逸冰
出品人　刘丛星
创　意　吉林出版集团 · 北京汉阅传播
策划编辑　渠　诚
责任编辑　顾学云　李瑞玲
封面设计　未　氓
开　本　650mm×960mm　1/16
印　张　16.75
版　次　2013年3月第1版
印　次　2016年6月第2次印刷

出　版　吉林出版集团有限责任公司
发　行　北京吉版图书有限责任公司
地　址　北京市宣武区椿树园15－18号底商A222
邮编：100052
电　话　总编办：010－63109269
发行部：010－63104979
网　址　http://www.beijinghanyue.com/
邮　箱　jlpg-bj@vip.sina.com
印　刷　北京航天伟业印刷有限公司

ISBN　978-7-5534-0115-7　　定价　35.80元

　投稿热线：010—63109462—1040

危险的童话

危険な童話……………

序章　「月女抄」

星星

有数不清的朋友

月姬

却总是孤单一人

只要到了夜晚

星星们便热闹地聊天

月姬

唯有更加寂寞

平原被白色的沙土覆盖，无树复无草。茫茫的白沙尽头，浸没在遥远的天际。

白天，太阳在平原正上方闪耀。白色沙原暴露在强烈的阳光下。散乱的光线，将广阔的平原化作耀眼的旋涡。

入夜后，平原刮起了风。风诞生于平原远方那空漠的黑暗中，仿佛巨大的黑暗开始飞驰般，充满了蛮力。

风带着沙土飞奔。无数的沙土混作一团，抛向空中，新的一团紧随其后。

它们相互碰撞，相互敲打，相互扭转，相互冲突，相互回转，仿佛活物般乱舞着，朝平原中心冲去。旋涡般的沙尘集中到一点，飞速成长，如黑色巨塔般在空中膨胀。

之后风就停了。仿佛生物停止呼吸一样。震耳欲聋的怒号与呼喊，一瞬间化为乌有。只有平原中央出现的沙尘巨塔，能看出飞驰的风留下的痕迹。

塔——的确是一座塔。不，也许称之为“楼阁”更贴切。包围着平原的浓密黑暗中，有一座如影子般耸立的沙尘密集。每夜从那厚厚的沙尘中，会传出女子微弱的啜泣声。

呜咽时断时续，不时伴有微微的叹息。

莫非一切都是幻影不成？那衣物摩擦的响声、摇曳的脚步声、幽然的香气又该如何解释？

沙尘巨塔是一座楼阁。而楼阁中的确住着个女子。

拂晓的太阳将第一缕阳光洒在平原上时，楼阁自顶峰悄然崩塌。一名女子避光而立，十分羞涩。

女子用白色布片蒙着脸，无法看清她的容貌。崩塌的楼阁中，无数沙尘如雾气般落下，渐渐包围着那名女子。只见她渐渐消失在平原底部……

但女子消失前一刻，抬起被布片蒙住的脸，短短喊道：

“是你干的……”

那喊声中饱含女子的悲伤，还有激烈的愤怒。可这句话究竟是喊给谁听的？女子头顶唯有那明晃晃的太阳。

“是你干的……”

当然，并不是所有人都能听见这句话。但地上之人对每一夜发生在平原上的事情，对那空虚的重复，对那沙尘的楼阁，对那楼阁中的女子，都毫不怀疑。

人们将楼阁取名为“月宫殿”，将女子唤作月姬……

以上便是《信州文艺》杂志上的《月女抄》之开头部分。

作者署名伊原道人，可惜知道这位“伊原道人”者真是寥寥无几。他的作品不多，只有数篇短篇小说和发表在演剧杂志上的一幕戏曲。剩下的就是这篇题为《月女抄》的长篇作品了。伊原道人，无非是地方小城常见的文学青年。

《月女抄》自《信州文艺》昭和二十X年二月号开始连载，但仅连载了三次，无疾而终。稿纸大概两百张，从整体构想来看，作者本打算再多写两章的。

《信州文艺》五月号的编辑后记如此写道：

> 伊原道人的《月女抄》因作者突然离世无法继续连载。编者代表所有同人致以哀思。

编辑后记固然无法长篇大论，可这句话实在太过生分。而且整本杂志除了这行小字，再无对伊原道人的任何哀思，也没人为作品的中断而惋惜。同人杂志向来团结，伊原道人会遭到如此待遇，自然有其原因。

伊原道人不是病死的，而是自杀。最要命的是，他死前发了疯。同人们不愿讨论这件事，故而闭口不提他的死亡。

他究竟想写些什么呢？首期连载中的“作者寄语”称：

> 这是我的第一篇长篇作品。但作品的原型是我少年时代写过很多次的故事。所以我对故事背景，也就是月亮上的世界非常熟悉，而住在月亮上的女子也是我唯一倾心的女子。
>
> 读者在阅读本作的过程中定会发现，这篇作品的灵感来源于爱斯基摩人的‘月神’传说。
>
> 月亮是太阳的妹妹。一天，妹妹触怒了哥哥，美丽的容颜毁了半边。当地面迎来黑暗时，就是月神将烧毁的半边脸转向我们的时候。而美丽的月光洒向地面时，就是月神朝我们微笑的时刻……年少时，这一传说让我甚为伤感，我甚至对月亮上的凄惨女性产生了思慕之情。
>
> 她确确实实存在于我的幻想之中。对青春期的我而言，她甚至是意淫的对象。我第一次自慰就是在自己的卧室里，沐浴着月光进行的。
>
> ‘月女抄’是她与我的秘密生活的记录。记录着她是如何从难以忍耐的天界孤独中逃离，又是如何奔向我的怀抱的。
>
> 我将在太阳的愤怒与星星们的嫉妒中继续执笔。

由此可见，作者在《月女抄》中倾注了大量心血。但这篇作品的口碑并不好。

“一个普通的人类少年和月女交欢——作者的构想不差，可惜作品是彻头彻尾的失败。伊原尚不足以驾驭这类幻想性质的成人童话，文字显得非常恶俗。尤其是少年与月女交合的场景，简直和眼下大肆流行的色情小说大同小异。”

这是读者栏中的尖锐批评，更有甚者——

“伊原道人缺乏作家最需要的‘诗意’，也没有美丽清透的眼光。一看就知道他是个半吊子幻想作家。还是多看看宫泽贤治[①]再写吧。”

在众人的恶评中，伊原的眼圈逐渐凹陷，连话都不太与家人说了。

“这篇文章，我都不想再写下去了……”

某天，他在同人聚会中如此说道。一时无人接话，只因大家都觉得他不适合写长篇。

见伊原消沉不已，一人圆场道：“哎呀，先写完再说嘛。作品总得先写完才能评价不是吗？”

“可……”

“别泄气呀，我们这种人，不越挫越勇怎么行。”

“唉……”伊原低下头喃喃自语，“要是我快点发疯就好了——”

---

① 宫泽贤治（1896—1933），诗人，童话作家，著有《银河铁道之夜》、《风之又三郎》等。

“喂喂喂……你说什么呢。”

一位同人端详起伊原的表情。伊原仍低着头。

“要是发疯了，我就能更自由地翱翔在自己的幻想世界中了。即使写不出文字来，也能创造出更加华丽的梦境啊……”他突然站起身来，“告辞。”

他就此下楼而去，离开了在咖啡厅举行的聚会。

“伊原好像疯了”——不久，同人间流言四起。四月的第一场编辑会议中，一位同人很是尴尬地提起此事。

“有人说伊原那家伙发疯了……”

“啊,这事儿我也听说了,”另一位同人（年轻女教师）道，“是邮局那事吧？”

“是啊，邮局的女员工都快愁死了。伊原居然跑去邮局说，‘我要跟月亮上的女人商量事情，可不记得她家地址了，你赶紧帮我查一查，否则我没法打电报’。女员工说查不了，他居然说，‘那我打电话还不行吗，给我接通她的电话’。局长跑出来说，月亮上没有电话，伊原就大吼大叫，说什么‘月亮上怎么可能没电话呢，是你们要故意拆散我们吧！’……”

“他妹妹也不容易啊，”女教师接着说道，“伊原对他妹妹说，‘月亮上的女人应该给我寄了个包裹才对，你是不是把包裹藏起来了？求你了，拿出来给我吧……’还边说边哭呢！”

“如果这事儿是真的，那可就麻烦了……”

“看来伊原的文学路是走不下去了……”

女教师抱怨道:“还搞什么文学，他家里人怎么不把他送到精神病院去……”

“他家穷啊，哪儿有钱住医院啊。我知道他家的底细。”另一位同人无奈地答道，继而露出挑衅的视线环视在场众人，“你们观察过他的手指吗?他的指甲都裂开了，指缝里都是沙子跟红黑色的血。洗也洗不掉。那家伙初中一毕业，就跑去千曲川的河滩打工。打什么工?捞沙子啊!否则就没钱凑份子给老师买纪念品。他家就是那么穷!老娘瘫痪在床，老爹是个酒鬼,还有两个小妹妹……他就是在这种环境下写《月女抄》的。不,他是不得不写啊。只有我能理解他的悲伤与愤怒……”

一周后，伊原的死讯传来。他从自家附近的防火监视塔上跳下，当场死亡。两名偶然路过的村人正好目睹了这一幕。

四月上旬某日，夜晚十点多。两名村人经过塔下，忽然听见头顶传来人声。两人大吃一惊，抬头一看，竟发现一名男子将身子探出扶手。

塔顶的红色电灯照出男子的半边脸来。

“谁站在那儿啊——”

“太危险了!你可别松手啊!”

两人大喊道。

此时，男子将手中的棒状物抛向空中，其身体则在红色光圈中扑向黑暗。

两名村人见状顿时倒吸了一口冷气。

这便是伊原道人自杀前的一幕。一根用白桦木做成的五尺长的木棍掉在尸体旁，事后人们发现那就是他在楼顶丢出的那个棒状物。

《信州文艺》的一位同人带着沉痛的表情说道：

“最终，伊原还是回到了他的国度——”

何出此言？原来他想起了《月女抄》中的一段话：

> 女子躲过星星们的监视，悄悄溜出楼阁。想到地面上还有个少年在等待着他，她便心如鹿撞。她取出月杖，丢向深深的黑暗。银光划过一道弧线，化作与地面之间的桥梁……

伊原道人死了。一年多后，同人杂志《信州文艺》宣告停刊。作者们各奔东西。好几年过去了……

时至今日，极少有人还记得伊原道人的悲剧，以及他尚未完成的作品《月女抄》。他已成为一段遥远的过去。

唯有一人不然。只有“他”将伊原道人牢记心中。

“他”不是同情伊原，更不是爱惜伊原的作品。事实上，这个人“需要”伊原道人，跟别的事情根本全无干系。

当伊原道人在某人邪恶的思想中复苏时，伊原便不再是过去的存在了。

对那人而言，遗作《月女抄》绝非单纯的幻想，而是——

危险的童话。

第一章 案件

有没有人陪我玩啊

一天夜里，月姬对星星们说

要是陪我玩，我就满足你们的愿望

可星星们咯咯直笑

之后异口同声地唱起歌来

嘲笑月姬——

翻白眼呀做鬼脸

谁要陪你玩啊

孤零零的爱哭鬼

木曾俊作坐在玄关，点了根烟。妻子杉子站在身后为他套上外套。他用右脚摸索着鞋子。真是双难穿的鞋。分期付款还剩最后一个月就结束了，可这鞋就是不跟脚。十二文。脚尖比别的鞋子大好多。不是定做的，本来就不可能特别跟脚。当兵那会儿，负责装备的上等兵曾大吼道："别指望鞋子跟脚，要让你的脚跟鞋！"穿了这么久，总不能拿去鞋店换吧。

"老公，你还是不同意吗？"杉子站在身后，一边帮他整领子一边问道，"也是为久美子好啊……"

"不行。"

"可那边的口碑很不错的呀。幼儿园的老师也说陶冶情操要趁早……"

"不行就是不行。"

他蹲下身系起了鞋带。香烟的烟雾渗进了眼睛。

"费用也不高呀，才一千多块。又不是浪费钱……"

"不是钱不钱的问题！"他回过头，一把抢过公文包，"家长为了争个面子，总给孩子灌输各种各样的东西，所以这年头才会有这么多满口大人话的小孩子。我最恨的就是这些！"

“什么意思嘛！你是怪我虚荣了！”

“能从学钢琴里得到好处的不就你一个吗！”

“是久美子主动提出想学的哎！”

“肯定是你教唆的。”

“隔壁的俊子学了一个多月了，须藤家的孩子从这个星期开始呢，要是不让久美子去，多可怜啊！”

说着，妻子抱起撒着娇的女儿，将她放在丈夫膝头。

女儿凝视着父亲的脸。那眼神完全不像个孩子，令人厌恶。眼神中疑虑重重，甚至有一丝抵触。

她深信只有母亲才会帮她。毫不善解人意的父亲，令年幼的女儿产生了敌忾心理。

“总而言之，”他用斩钉截铁的口气说道，“别跟大学教授还有市议会议员家的孩子比。他们有他们的日子，我们有我们的日子。”

“你跟孩子说这些，孩子怎么听得懂啊。”

“那你就解释给她听，每个人的立场跟生活不同……”

“刑警的女儿就不能学钢琴了？哪条法律规定的啊！”

“烦死了！”

木曾俊作将烟蒂丢在泥地，夺门而出。

外头冷风阵阵。厚厚的云层压得人透不过气来。今天是二月的最后一天，可毫无春意。说不定会下雪。

“早啊，这就出门了啊？”

“嗯。”

木曾心不在焉地跟相熟的果蔬店老板打了个招呼。方才的对话仍在耳边挥之不去。气得他愤愤不平。

刑警的女儿就不能学钢琴了？哪条法律规定的啊！——瞧瞧这话。他以前也听过类似的话。审问室里，站在木曾面前的男男女女都说过这话。“开什么玩笑,哪条法律规定的啊？嗯？警官……”杉子的表情是否与嫌疑人一样，带着轻蔑与冷笑？

木曾边走边露出苦笑。好荒唐的空想，简直就是与自己过不去。顶着风,点了根烟。将冰凉的空气与烟一起吸进肚里。

夫妻俩为孩子的事情吵过好几次。那会儿久美子刚出生不久。杉子提出，以后让女儿喊“papa mama”，而他表示坚决反对。[①]“papa”——一点儿当父亲的感觉都没有。年轻的父亲还说:“我就是讨厌战后的美式风潮！”而年轻的妻子则反驳道:“用这种陈旧的日本传统思想，绝对培养不好新时代的孩子！”渐渐地，两人的分歧就演变成了今天早晨的那一幕。

木曾说,在我们家喊 papa 不是很不搭调吗,杉子当即吼道:“刑警的女儿就不能喊 papa 了啊？哪条法律规定的啊？”

全无逻辑可言，跟那时一样完全是感情用事。而且她根本不明白，她随口爆出的一句话，会深深刺痛丈夫的心。

罢了，罢了。木曾暗叹。结婚快二十年了，二十几年的关系，不会因为一两句话突然崩溃。现在妻子不是若无其事地

---

① 比较传统的爸爸妈妈的喊法是お父さん（otousan）お母さん(okasan)，而papa mama有种“爹地妈咪”的感觉，比较洋气。

陪孩子玩，就是在水斗前洗碗。而丈夫，则拖着沉重的鞋子，赶去工作单位。

冰冷的早晨。木曾呼出一口口白气，转过材木町的转角。上田署的灰色建筑物映入眼帘，水泥墙壁毫无温度可言。

连建筑物身后的天空也是灰色的。

“早啊。”

推开刑警办公室的房门，年轻的山野刑警抬起头来：

“啊，早啊，木曾警官。我正要吃早饭呢。”

火炉上摆着年糕，旁边还有盛有酱油的小盘子和白糖罐。便当盒的盖子上，还有用味噌做的腌茄子。

“嗬，速食啊。”

木曾将自己的椅子拖到火炉前。他的脚大，身子也不小。整个人的尺寸都跟普通人不同。署里人给他起了个外号叫“大块头”。果不其然，他一坐下，椅子便嘎吱作响。

“值夜班啊，就盼着早上能吃个年糕。怎么样，要不要来一块？”

山野熟练地把年糕翻了个面。

说着，他突然换了个话题：

“对了，听说昨天晚上出了假币。”

“哦？肯定是我回家之后吧？”

“嗯，十点多。一个电话打到警局……今天早上川路应该会过去看看情况吧。”

“出了多少张啊？”

“就一张。照报警那人的说法，那假币不是画出来的，而是拼出来的。而且还是百元纸钞哦，累不累啊……”

“肯定是故意的。平时谁会验百元纸钞的真假啊。”

“是啊，要是发工资的时候信封里出现一张万元大钞，我肯定会仔仔细细地‘鉴赏’一下……”

“是哪儿发现的啊？”

“一家叫‘三浦’的香烟店。”

“三浦……车站那儿？”

“不，是新参町的……就是那个美玲音乐教室转角那儿。”

“什么？美玲音乐教室？”

木曾不禁提高了嗓门。

山野瞥了他一眼：

“您认识那家店？”

“不，倒是听过那音乐教室……”

木曾在心里暗自咂舌。那音乐教室，正是今天早上跟杉子吵架的根源所在。久美子那哀怨的表情浮上心头。心里果然不好受。

“哦，阿俊，来得正好。”

长了张圆脸的搜查主任泷井警部补开门探出头来。他嗜酒如命，一年三百六十五天，几乎每天鼻头都是红扑扑的，还常喊木曾陪他一块儿喝，可酒钱总是平摊，而且精确到个位数。

“什么事啊，主任。”

“能不能麻烦你去一趟长野啊？”

“本部吗？”

“警察学校啦。有刑警讲习。每个署都要派人去，听完课回来传达会议精神……你看看，”他将通知书递给木曾，“十点开始。原本是高木部长去，可他感冒了，去不了。你这就收拾下吧。”

一旁的山野刑警说道：

“木曾警官，能顺路去善光寺拜拜啦！”

“这么冷的天，拜什么拜啊……”

主任拍了拍木曾宽阔的肩膀说道：

“不拜佛也灵验的啦。最近的刑警讲习都很浓缩，一整天有得你好学的。”

木曾苦笑着转过头去。窗外便是那阴沉的天空。光秃秃的树枝随风摇曳。他仿佛能听见“咻”的风声。

傍晚时分。

木曾带着疲惫不堪的表情回到上田站。他本可坐直达巴士回来，但在会场碰到了个轻井泽署的老熟人，就和他坐一路火车回来了。那刑警跟木曾一般大，一整天的讲习也让他累得够呛。

“一整天坐在写字台前听课做笔记，真是太累人了。我可是专搞强盗杀人案的，一年四季到处跑的好不好……”那人抱怨道，“那老师明知道我们是警察，还满口英语、德语的……啊，阿俊啊，那是不是法语啊？”

他说完便笑了。木曾也想起警察大学派来的那位年轻教官那趾高气扬的表情，不禁苦笑。“暴力案件罪犯的社会背景及其对策”——课程跟它的标题一样，又臭又长。

走出车站一看，街道已被夜色笼罩。窄窄的马路还是车水马龙。木曾将双手插进口袋，走在霓虹灯闪烁的松尾町大道上。

上田市本是北国街道的驿站，曾是养蚕业的中心，但如今已截然不同。为抵挡大型百货商店的攻势，几家传统商店共同建造了一栋大楼，开始了百货商店式的经营方式。而大楼与大楼之间，亦有海鼠墙[①]与低檐组成的传统建筑样式的店铺。变化带给地方城市的烦恼，从高低不一的街景中可见一斑。

走到邮局所在的转角，木曾忽然瞥见一辆似曾相识的车飞速驶过。车里的人好像还跟他挥了挥手。

鉴识课的——

木曾加快脚步赶回警署。可恶，今晚本想好好喝一杯回家休息的……

警署前停着辆吉普车。驾驶座上的山野刑警坐在车里，对木曾笑了笑。

“辛苦啦。善光寺果然够灵验。”

---

① 传统仓库的外壁，贴上方形平瓦，贴出海参的形状。江户时代的武家府邸经常使用这种建筑形式。

“出事了？”

“是啊，正要去看看那死不瞑目的死者呢。”

“杀人案？”

听到这话，木曾立刻推开警署的木门。

泷井主任见来人是木曾，便使了个颜色，继续讲电话。八成在跟检察院通气呢——木曾站着点了根烟。

“是的，眼下我们只知道这些。鉴识课先过去了。是的，因为是打电话报的警……那就拜托了。嗯，我们这就出发。”

主任放下听筒，一脸严肃地转向木曾。

“哟，辛苦了。今天的课过会儿再汇报吧，有案子了，这就出发。多亏你回来了，不然人手都不够用呢……”

“听说出人命了？”

“是啊，鉴识课的刚走。”

“被害者是……”

“鉴识课才通知我，这不，我刚给检察院打电话问了问。绝对没错。你也认识那被害者……”

“究竟是谁啊？”

“须贺俊二。”

“什么？他……”

木曾倒吸一口冷气。

——须贺俊二。

他当然记得那个名字。

不，不光是记得——须贺俊二是他调来上田署后经手的第一个伤人致死案的凶手。刑期好像是五年，这会儿他应该还在长野监狱服刑啊……

“他出狱了？”

“刚被假释，出来还不到一个星期。监狱外的新鲜空气，反而要了他的命啊……”

“命案现场在哪儿？”

“市内新参町，一个叫木崎江津子的寡妇家。”

“木崎？”

“不是有个教孩子弹钢琴的美玲音乐教室吗？”

“啊！”

木曾瞪大双眼。

怎么回事。这音乐教室烦了他整整一天！

“你赶紧收拾下，我们这就出发。阿山在门口等着呢。”

主任走出办公室。木曾半天动弹不得，只得茫然地睁着眼，凝视着记忆中的男子——须贺俊二。他岂会忘了那人。须贺俊二的确是他调来上田后经手的第一个犯人，但木曾忘不了他的原因不仅于此。刑期敲定后，到了送须贺到监狱的日子，木曾去见须贺。

对方微笑道:“刑警先生，给您添麻烦了。不过我担心五年后等我出狱了，怕是还会给您添麻烦……”

那句话至今沉淀在木曾心中。

为什么出狱后“还会给您添麻烦”？

普通犯人不可能说出这种话来。

当时，须贺俊二的脸上带着羞涩的微笑，眼神清透见底，一点不像要去与世隔绝的狱中度过五年岁月的人。他定是对出狱后的生活有所料想，但那绝不可能是他的“死”……

“可那人真的要给我‘添麻烦’了……而且还成了一具死尸……在钢琴老师家里……”

“木曾警官——”

山野刑警喊道。

屋外传来汽车引擎声。

木曾顶着硕大的身躯，顺着楼梯而下。

第二章　搜查（Ⅰ）

夜晚的雨，是月姬的眼泪

白天的雨，是太阳的汗水

太阳是哥哥

月姬是妹妹

然而

太阳太粗暴了

讨厌月姬妹妹

月姬总受人欺负

好可怜

当她的朋友好不好

尸体倒在房间中央。下半身伸进暖桌，而上半身转了一百八十度，趴在草席上。那姿势显得又憋屈又不自然。

“怎么回事啊……”

一进案发现场，警官们纷纷瞠目结舌。原来死者的右手伸得老长，而手中还紧握着个赛璐珞娃娃。娃娃亮晶晶的眼珠和俏皮的表情与房中的惨烈光景格格不入。

屋里满是血腥味，仿佛死者体温尚存。

“凶器是锐利的刀具，体积并不大。不是水果刀，就是细长的短刀。一刀刺进死者左胸部，就成了致命伤。死者身上几乎没有反抗的痕迹。估计凶手趁被害者钻进暖桌的时候，从背后接近，抱住死者，一刀刺了进去，”法医蹲在死者旁边，向泷井主任解释道，“死亡时间大致是一小时前，应该是当场死亡。被害者有个明显特征，那就是他浑身上下的衣服都是全新的。从内衣到衬衫，全是没有一点污渍的新衣服。好一身崭新的寿衣……”

主任边听边点头，又对忙着采集指纹的鉴识课员说道：

“喂，凶手是怎么进入现场的？”

“不知道啊……后门反锁了，外面是个用木板围起来的小院子，但堆着土，估计是要弄个花坛吧。福寿草都发芽了，也没有人走过的脚印。”

“嗯……那就是从正门进来的了。凶器呢？”

“还没找到。您看厨房的水斗不是有很多血迹吗？我个人认为凶手可能在那边洗了手，顺便把凶器也洗干净了，逃走的时候就把凶器也带走了……”

“总之先抓紧找凶器！不知道是凶手逃跑的时候丢在外头了，还是藏在屋里了。这种案子最重要的就是凶器，以前我可在凶器上栽过大跟头……”主任露出苦涩的表情，随即大声说道，“告诉外头的人，把眼睛擦亮点，绝不能让外人越过警戒线！”

也许人真的有第六感——主任在不经意间点出了这起案件的核心。在这起扑朔迷离的案件中，凶器成了关键中的关键。凶器不仅捅死了须贺俊二，更将谜题的刀锋对准了所有调查人员……

检察院上田支部的检察官赶到现场时，警方已为相关人员录下简单的口供，基本搞清了凶案前后的情况。

最先发现尸体的是美玲音乐教室的木崎江津子。主要由泷井搜查主任负责提问。

“您与被害者是什么关系？”

主任问道。江津子的声音很轻，但字字清晰。

“俊二和我的亡夫是表兄弟。”

“哦？那您肯定知道他犯的案子吧？”

“知道。今天他就是为这事来的。”

“这事儿……”

“他刚被假释，所以来我这儿打个招呼……”

江津子低下头来，精致的面容因紧张而苍白。她三十二三岁吧。木曾端详着她那不施粉黛的脸庞与干净的衣襟。

一周前，江津子接到了须贺俊二的电话，这才知道须贺能提前假释出狱的消息。他说自己的行为给亲戚朋友添了不少麻烦，近期想去她家登门道歉，还在电话那头笑着说，要去东京从头来过。那声音很是明快，一点儿也不像刚出狱的人。江津子顺势说道，好啊好啊，你来吧，我给你开个庆祝会。可见俊二的口气真是很轻松，否则她绝不可能开这种玩笑。

“于是俊二就来了。他是什么时候到的？”

“傍晚五点半左右吧。那会儿我正好让女儿加代子去隔壁人家看电视了……俊二进监狱那会儿，加代子才两岁，根本不认识他。她跟隔壁人家的夫人说，有个陌生叔叔来家里了。我想招待俊二吃个晚饭。想起他喜欢喝酒，我就去食品店买酒了……”

俊二来江津子家后，两人几乎没有说话。要是不喝点酒，气氛肯定很尴尬，所以江津子就借口出门去了。

走路去食品店不过三分钟。江津子在店里待了五分钟左右。顺便用店里的电话商量了下钢琴课的事情。电话打了三四分钟吧。所以她离开家的时间总共十五六分钟的样子。回到家中一看，俊二居然成了浑身是血的尸体。

“然后您就逃到隔壁人家去了？”

主任自小笔记本中抬起眼，盯着江津子问道。

“是的，我打开房间的纸门一看，只见俊二倒在地上，我吓了一跳，差点想抱起他，可地上有血……”

说到这儿，江津子不禁咬紧下唇。膝盖上双手紧握，让木曾顿起怜悯之意。

“当时，”主任问道，“你有没有看见被害者手里的赛璐珞娃娃？”

“娃娃？”

“孩子的玩具，叫什么来着，丘比娃娃吧……”

“这……大概是加代子的吧……”江津子遥望远处说道，“我一见尸首，就冲去了隔壁家，根本没看见……”

她舔了舔干燥的嘴唇。玩偶的问题到此为止。

住在隔壁的高中老师大川如此描述之后的情形——

“木崎夫人冲进我家，抓住我内人说家里死人了，差点儿没吓死我。我问出死者叫须贺俊二，是她丈夫的表弟，就骑自行车去了派出所。我回家时，江津子跟她女儿抱在一起，瑟瑟发抖呢。我内人也跟哑巴似的，只见她嘴巴动，可就是不出声。小姑娘不停地问，那叔叔怎么了，那叔叔怎么了。木崎夫人就是不开口……”

主任问大川有没有听到什么可疑动静。

大川答道："我在看电视呢，完全没注意到。"又补充道，"五点五十七八分的时候，隔壁家的小姑娘跟往常一样来我家看电视，四五分钟后，木崎夫人就出门买东西去了。我内人正好站在后门，瞥见她提着购物袋走过。我还记得她跟我说，瞧瞧邻居家夫人的披肩多好看啊，就不能用年底的奖金给我买一条吗。然后……等六点开始的动画片放了半集，她就冲来我家了……"

双方的证词完全一致。六点零二三分时，江津子离开家，六点二十分过后发现了尸体。凶案正是在这十五六分钟的空白中发生的。当然，食品店的店主也证实了江津子的证词。

"对了……"检察院的年轻检察官盯着主任的脸说道，"这案子是不是小偷错手杀了人啊？他本以为家里只有女人，没想到一进屋却有个男人在，吓了一跳，就捅死了他。"

"可家里没丢东西啊！"山野刑警反驳道，他定是见刚上任的检察官跟他年纪差不多，产生了抵触情绪，"而且被害者刚出狱哎，肯定有问题。"

"嗯……"

主任拿出一盒新生牌香烟，一边吞云吐雾一边抛出酝酿已久的问题。

"被害者为什么要抓着个娃娃呢？"

"也许凶手下手的时候，他正拿起那娃娃吧，"检察官说道，"江津子走了，屋里就他一个，闲着无聊，偶然看见那娃娃，就拿了起来……"

“一个留着胡子的大男人，拿娃娃干什么啊，”山野再次反驳，“再者，屋里没有打斗的痕迹。就算您说得没错吧，可他看见一个陌生人拿着凶器进来，怎么会有闲心抓着娃娃不放呢。”

“那……说不定是临死前偶然看见手边的娃娃，一挣扎就抓住了呢。”

检察官甚为牵强地说道。谁都不知该如何解释死者手中的娃娃，此事只得不了了之。

木曾悄然走出房间。他想再确认一下现场。

尸体与娃娃——好一组奇妙的组合。这究竟意味着什么？他陷入了沉思。

尸体被运走了。草席上用粉笔画出了尸体的位置。

木曾站在房中，凝视着粉笔的线条，也凝视着用线围起的空白，想象着不久前坐在那儿的须贺俊二。

——我担心五年后等我出狱了，怕是还会给您添麻烦……

他忽然想起须贺那张带着腼腆笑容的脸。他究竟想告诉我什么？

木曾茫然地望着前方，仿佛要唤醒陈旧的记忆。

茶坊“里奥”的照明被香烟的烟雾弄得雾蒙蒙的。狭窄的店面里摆满椅子，每张桌子旁都坐满了人。

正值赏花时节，“里奥”里挤满了青年男女，享受着最后一班巴士开走前的美好时光。

四年前的四月中旬，一个夜晚。

这一带的花儿开得迟。梅花开在三月底，而樱花的花期则是四月中旬后。“里奥”并不是什么高级茶坊。有些客人一边喝咖啡，一边哼着赏花歌曲。

须贺俊二便是在这家店里犯了事。

判决书上写着，案发原因为须贺俊二烂醉如泥，误以为隔壁那桌的男女发出的笑声是在嘲笑他，就抡起手头的啤酒瓶朝那两人砸去，不料打中了坐在另一桌的松永节子（23 岁），导致其面部及头部受伤，最终不治身亡。

一切发生在转瞬间。年轻女子惨叫着晕倒在地时，店里已不见俊二的踪影。

一名客人做证称逃跑者须贺俊二是六文钱书房的人。

二十分钟后，警官来到俊二家，发现他还没回来。

母亲缝与妹妹芳江只得战战兢兢地低头道歉。俊二在两年前结了婚，但最近刚跟妻子分居，其实是离了婚。

“他近来开始酗酒了……肯定是因为喝多了……”

母亲哭着说道。

市内拦起警戒线，调查人员彻夜追踪，可并没能在当晚发现他的踪影。

第二天一早。刚调来不久的木曾刑警来到警局门口，只见一名青年忽然自建筑物的阴影处飘了出来。

青年走到木曾面前，低头说道:“您是刑警吧？我是须贺，昨晚真是太对不起了……”

木曾正要开口，须贺已然朝警署大门走去。他伸手抓住门把手，回过头来，眼角带着笑。木曾惊愕不已。

“对不起，麻烦了。”

两人如朋友般肩并肩地走进署长办公室。须贺只说：

“昨晚我喝醉了，记得不是很清楚。回过神来才发现在公园长椅下睡了一晚。”

审问他的任务自然而然地落在木曾肩上。俊二开了家书店，也加入了市内的文学社团及美术团体。如此知性、率直的人，怎么会动手伤人？木曾极为疑惑不解。木曾当刑警不是一天两天了，可他还是头一回对罪犯产生亲切感。

开庭时，木曾去旁听了。律师强调案发当晚俊二烂醉如泥，还是自首的，应该酌情减刑。而且他对被害人并无恶意。这只是场不幸的灾难而已。

最终，法院判处俊二五年有期徒刑。宣布判决后，旁听席上的一名男子站起身来——他正是死者的父亲。

“他是杀人犯啊！他亲手杀了我女儿！要是法官不判他死刑，我就当场杀了他！”

父亲哭喊着，挣扎着要冲上被告席。法警赶忙从身后抱住他，将大吼大叫的父亲拖出法庭。

屋里一阵骚动。视线纷纷投向被告席。俊二低着头，肩膀不住地颤抖。

木曾分明看见俊二脸颊有泪水划过——

木曾心想，他不在了。那是杀人案现场必有的空虚感。唯有粉笔画出的空白，诉说着曾有一人活过一场。

木曾捧起粗壮的胳膊。眼睛则仔细地观察四周。屋里保留着杀人案发生后的样子，唯独少了尸体。

吸满鲜血的花朵图案暖桌被……挂在墙上的浅绿色披肩……黑色的大号餐具橱……丢在草席上的购物袋……木曾一惊，猛地吞了口唾沫。

为了让心跳平静下来，他再次端起胳膊，两眼放光。

——不对劲。怎么可能……

木曾刚当上刑警时，一位前辈曾如此说道：

“我啊，一去案发现场就会变哑巴。绝不能说话，也尽量不听别人说话。光看。光看就好了。五次，十次，一次又一次去现场。那时屋里早就没人了。我会站在空荡荡的屋子里，直到满意为止。尤其是杀人案的案发现场，肯定会有死者的怨念。它们会跟我说话。警官，朝这边看啊，那里有你需要看的东西……我会一直默默地站在屋里，直到听到死者的声音为止。站着，用我的眼睛，用自己的大眼睛，仔仔细细地观察现场……”

木曾将老刑警的话牢记在心。二十年里，这话已如体味般，化作木曾身体的一部分。

木曾看见了挂在墙上的浅绿色披肩。肯定是木崎江津子的。隔壁家的夫人不是说了吗。“瞧瞧邻居家夫人的披肩多好看啊，就不能用年底的奖金给我买一条吗。”

草席上有个空空如也的购物袋。他转动视线。另一面墙边放着个大橱。透过印有花纹的玻璃门，能看见里头放着用包装纸包着的器物。

突然，木曾两眼放光。他朝橱走去，取出里头的器物。包装纸上写着“松叶食品店”这几个字。打开一看，是两个罐头和一瓶威士忌。

木曾屏住呼吸，凝视着手中的东西。直觉必须和理论联系起来。他的思路究竟对不对？他仿佛能感觉到须贺俊二的视线，仿佛能听见须贺俊二的呢喃。

“警官，这就是我想让你看的东西……”

木曾再次环视房间，之后走出屋子，仿佛要一吐心中的疑惑。

泷井主任正在门口咆哮，估计是在指挥警官寻找凶器。家门前的昏暗小路里，手电筒的灯光交错，说话声与脚步声不绝于耳。

木曾走到主任背后，对他耳语道：“主任，我在现场发现了疑点，能否请您来一趟？”

主任点头随木曾进屋，继而环视房间，用眼神催促木曾。

“您看这面墙，”木曾用手指着墙壁，“挂着披肩。而橱里有个纸包，里面是罐头和威士忌。”

“披肩……是江津子的吧。罐头和威士忌是她买回来的吧。那又怎么样——”

“问题就在这儿。”

“哦？”

主任皱起眉头，一脸疑惑。

木曾压低嗓门，开口说道：“关键是位置——尸体倒在房间中央。”

“嗯。”

主任摸索着口袋。木曾也跟着拿出新生牌香烟来。

“位置啊……”

主任喃喃，缓缓吐出一口烟，突然猛地抬起头来。眼神如定格了一般。

木曾顿感房间的气氛凝重起来。

“阿俊啊……”主任木然说道，“江津子买完东西回来，立刻进了屋。她首先看到的肯定是被害者。她只可能采取三种行动。要么是见血迹，逃出家门；要么冲到被害者旁边把他抱起来；要么茫然若失，呆立原地。可她没有那么做……”

“江津子先取下披肩挂在墙上，”木曾舔了舔干燥的嘴唇，“然后穿过房间走到橱前，把买来的东西放进去，再把购物袋丢在地上。其间她肯定看见了尸体，可见她非常冷静。”

“也就是说，”主任直视着木曾，“江津子进屋前就知道屋里死人了……”

“只有这样才说得通。”

“她是怎么知道的？”

“这……”

木曾没有说完。

主任与木曾四目相对，炽热的视线相遇。

短短数秒的凝视后，主任心满意足地笑道：

“阿俊，就快真相大白了。”

第三章　搜查（Ⅱ）

比月姬

比太阳

更遥远、更高的地方

是神住的地方

一天晚上

神温柔地对月姬说

你好可怜呀

可你不用伤心

我给你个好东西

看，这是魔杖

有什么想要的东西

就挥一挥魔杖

如果有人欺负你

就用魔杖教训他们吧

没有目击证人，也没人告密。控诉木崎江津子杀死须贺俊二的，正是“案发现场”。

江津子再次与泷井主任对面而坐。刑警们聚在周围。主任要求江津子再解释一遍发现尸体时的情况。他的口气很是严肃，与其说是“了解情况”，不如说是“审问”更贴切些。

可江津子的态度并无变化。僵硬的表情与姿势将主任的话无声地挡了回去。主任反复追问她为何会采取与证词自相矛盾的行动，可她只是低着头，一味否定。

“我什么都不知道。即使我的行动不太寻常，也是因为平时养成了习惯，下意识那么做了而已。”

“下意识啊……”主任苦笑，突然朝她探出身子问道，“你把凶器藏哪儿了？”

“我没见到凶器。”

“扔哪儿了？”

“不知道。”

“藏家里了？”

“您问这些干什么？”

“是水果刀还是短刀？”

“我真的什么都不知道，”她抬起眼看着主任的脸，那缓慢的语速仿佛在怜悯对方的顽固，“我回来的时候，他已经死了。”

主任长叹一口气。江津子的冷静反而加重了她的嫌疑。怎样才能冲破她的防线？主任回头瞥了木曾一眼，之后则轻描淡写地说道：

“总之，请你跟我们回警局一趟吧。”

“好。”

江津子轻声道。

“嗬，下决心了啊？你杀害须贺俊二之后，洗了洗沾满鲜血的手，然后把凶器藏了起来。为了假装案子是在你不在家的时候发生的，你还跑出去买了东西，打了通不是很要紧的电话打发时间。回家之后再装出刚发现尸体的样子，一声惨叫冲进隔壁邻居家。看来你是愿意招供了？”

“不，”江津子轻轻摇摇头，“我只是觉得，要是留在这儿，我无论说什么您都不会相信的。”

江津子的视线落在膝头。交错的手指上有一枚金光闪闪的金色戒指，很是纤细。是六年前去世的丈夫送给她的吗？木曾忽然想起了妻子杉子的手。杉子粗壮的手指上并没有戒指。

“那就走吧……”

主任站起身道。江津子抬起头说：

“能不能让我见女儿一面？”

主任思索片刻，对年轻警官说道：

“把孩子带来，她应该在隔壁邻居家。”

警官转身要走，主任对他的背影喊道：

“如果她在睡觉就别吵醒她了。”

木曾瞧见江津子膝头的双手紧握，仿佛在祈祷，又仿佛在忍耐莫大的屈辱。

警官很快回来了。身后跟着个中年妇女，而妇女则抱着个六七岁大的小女孩。白色毛衣的胸口别着个小狗形状的胸针。薄薄的皮肤透着血色，显得特别娇弱。

咦？……木曾瞪大双眼。这孩子……好像在哪儿见过。在哪儿呢——木曾搜索着记忆。不是女儿久美子的玩伴。可我肯定见过她。怎么想不起来呢……究竟是什么时候见到的？记忆中并没有确凿的影像。木曾无奈地搓了搓手。

“加代……”江津子唤着女儿的名字，对站着的那名妇女低头说道，“夫人，真是太对不起了，给您添麻烦了……”

妇女并未作答。她脸色惨白，有话想说，可就是说不出口。她是隔壁那位高中老师的妻子。从旁边看来，就像是她紧紧抓着那小女孩一样。

“加代，过来。”

江津子再次唤道。孩子哭丧着脸，望着坐在一群陌生男子中的母亲，才摇摇晃晃地往前走。

“妈妈啊，要出门办点事，加代能不能乖乖在家等妈妈回来呀？”

孩子默默点头。

“乖。要是困了就先睡觉觉吧。花园町的外婆一会儿就来，不用怕哦。”

孩子再次点头。

江津子站起身，抱着孩子说道：

“要是觉得寂寞，就跟月姬说话吧。月姬最喜欢加代了，是不是啊加代？”

孩子第三次点头。江津子直愣愣地看着孩子那圆圆的眼睛，而孩子也直视着母亲。母女俩的世界中，没有旁人。木曾顿感心中烦躁不安——我究竟在哪儿见过那女孩……

“走吧。”

主任催促道。江津子松开孩子，朝隔壁邻居家的夫人说道：

“不好意思，能不能请您通知一下我娘家？就是花园町那边……应该会有人来照看的……夫人，真是太麻烦您了……”

主任插嘴道：

“花园町？花园町的哪儿？”

“阵场医院。我哥哥是医生。我母亲应该会来的——”

“好，我知道了。先走吧。”

江津子又看了看孩子：

“和月姬好好相处哦。”

年轻警官先行一步发动吉普车去了。主任说道：

“其他人留在现场，赶紧找凶器。从时间上看，凶器一定还在附近！”说着，他瞥了江津子一眼，“木曾，寻宝工作就交给你了。掘地三尺也要找出来！如果需要援助，就把不当班的人也叫来。让附近街坊都配合一下。”

部署完工作，他便拉着江津子的手臂走了出去。两人的身影逐渐消失在小路的阴暗中。引擎的响声传来。众人就这么目送着二人离开。山野刑警凑到木曾耳边说道：

“好一对‘情侣’。”

大概是调笑主任“挽着”江津子出门时的样子吧。

“嗯……”

木曾含糊其词。执著的疑惑让他无暇顾及山野的玩笑话。

我究竟在哪儿见过那女孩……究竟在哪儿……究竟是什么时候……在哪儿……

“开始寻宝吧！”

有人中气十足地喊道。剩下的鉴识课员与警官开始在屋里来回走动，发出各种响声。

山野打开窗，对站在门口的木曾喊道：

“木曾警官，该从哪儿找起啊？之前都有人找过一遍了……”

“嗯……分成室内、室外两组吧。沿着江津子走过的地方找。我去跟街坊邻居打声招呼。”

“天都这么暗了，可不好找啊。借那女人的话说……今儿个最好跟月亮搞好关系呢。”

山野皱起眉头。木曾瞪了他一眼，心里很是不悦。江津子话语的余韵，被山野活活破坏了，也许木曾气的就是这一点。

木曾抬头望天。一大早就很阴，可雪还没下下来。黑暗的云层笼罩着木曾的视野。他在心中喃喃道：

——为什么我记得那孩子的长相？我肯定在哪儿见过她……究竟是在哪儿……

晚上十一点。

十余名署员精疲力竭地回到警署。凶器搜索工作无果而终。主任只得下令收队。

三名年轻警官留在现场。

署长走出办公室迎接一行人。

“哦，辛苦了辛苦了，冻坏了吧？快去二楼会议室，给你们准备好热茶了。”

警员们低头致谢，可每个人眼中都写着焦躁与失望。木曾拖着沉重的身躯，来到主任面前。

“对不起，没帮上您的忙……”

“没事，没事，总会找到的，明天再说。有年轻人在那儿守着，别担心。”

主任安慰道。但主任也难掩失望的表情。他本以为凶器能轻松找到，不料却困难重重，令他深受打击。

主任如此执著于凶器是有原因的——江津子来警局后仍坚持之前的说辞，一味低着头否认罪行，让主任好不窝火。要是能将凶器摆在她面前，再查出凶器是从哪儿买来的，从侧面证实她的罪行就好了。

不少凶手即使对案情供认不讳，可就是不愿意老老实实地交代凶器的所在。因为他们很清楚，要是调查人员找不到凶器，他们就有机会翻供。凶器，是最重要的证物。

警方进行了地毯式搜索，为什么会找不到凶器？木曾从口袋里掏出笔记本，再次查看现场的平面图和他总结的“江津子行动时间表”。

案发现场是新参町的居民区。小路两侧都是普通工薪族的住家，而小路两端与大马路形成直角，就像英文字母的“H”的中间那一横一样。美玲音乐教室就在小路中央。

木曾等人赶往现场时，小路两端已拉起禁止闲杂人员入内的警戒线。

主任笑道：“嗬，拦得这么广啊？”

一旁的警官怕是新手，还不习惯这种场面，一脸紧张，忧心忡忡地答道：“是不是不太好啊？我心想反正是晚上，估计也没什么车会走这条小路……”

主任满不在乎地挥了挥手。

“不碍事，这才叫‘瓮中捉鳖’呢。”

从结果上看，这位警官做得很对。

江津子行凶后可能到过的地方几乎被完全隔离开，将案发现场完美地保存了下来。

从案发现场——音乐教室出发，往左走，就能看见转角处的香烟店。昨天发现假钞的就是这家店。香烟店对面转角处有个邮筒。

警戒线一头绑在邮筒上，另一头就绑在香烟店的房檐上。走到香烟店再左转，走过两间店铺，就是松叶食品店了。也就是说，江津子不过沿着这几十米路来回走了一遍而已。

木曾垂头丧气地陷入沉思。这时主任凑过来说道：

“总之先申请江津子的逮捕令吧。”

“哦……”

木曾敷衍了一句，可并没有抬眼。最先认定江津子是凶手的人是我。如果我想错了——一股强烈的不安向木曾袭来。

他迅速扫视着笔记本上的文字。上面所记录的时间，都是他亲自实验得来的数据。

时间	
5：35 左右	被害者来访
<22 分钟	（孩子在家。闲聊？）
5：57	孩子去隔壁邻居家
<6 分钟	（行凶？处理凶器？）
6：03	江津子出门购物
<3 分钟	（去程步行时间）
6：06	江津子抵达食品店
<7 分钟	（店内、购物、电话）
6：13	江津子离开食品店
<3 分钟	（返程步行时间）
6：16	江津子回家
<2 分钟	（凶器？）
6：18 左右	发现尸体，江津子前往邻居家

江津子的一举一动被归纳在这张表格中。没人见到江津子的时间屈指可数：孩子刚去邻居家之后的六分钟，以及买完东西回来，从发现尸体到冲到邻居家之间的两分钟。除此之外，她不是来回于自家与食品店之间，就是在店里买东西。

凶案肯定是孩子出门之后发生的。木曾向小女孩了解情况时，女孩这样答道:“家里来了个我不认识的叔叔，跟我妈妈说了会儿话。我去邻居家看电视之前一直坐在暖桌旁看着叔叔。叔叔还笑着夸我聪明呢。”

六分钟——木曾闭上双眼。短短六分钟，江津子要杀人、洗手、处理凶器、拿着购物袋出门。如此想来，隐藏凶器或处理凶器的时间，最多一两分钟而已。

那往返于食品店与自家的那段时间呢？加起来也不过六分钟左右。当然也不是不能在半路上处理凶器，但一个不小心就会被人撞见。前一天刚降温，路面都冻住了。

据推测，从江津子回到家看见尸体，到冲到邻居家报信之间，大致有两分钟的空白——难道她就是利用这两分钟把凶器藏起来了？

十几名调查人员兵分两路，一路搜索室内，一路搜索室外，把能找的地方都找遍了。住在小路两边的工薪族们也很配合。路上吊起好几个电灯泡，白色的灯光将路面照得亮堂堂的，与白昼无异。每家每户的住宅的里里外外都被查了个遍。人们找红了眼，真像寻宝一样，视线在路上扫来扫去。

案发现场就更不用说了。打通两间八榻榻米大房间而成的钢琴教室被翻了个底朝天，所有房间都是被搜索的对象。就连江津子亡夫留下的文件都要一一检查。钻进地板下搜查的刑警抱怨道：

“我家大扫除的时候都没这么卖力过……”

木崎家有两个厕所，一个是家里人用的，另一个则是给上钢琴课的学生用的。好在这天早晨市卫生人员刚来掏过粪，给调查人员省了不少心。

山野刑警打开钢琴盖，随便按了几个键说道：

“木曾警官，这么找都找不到，说明凶器不在这一带吧……”

“不，肯定在，”木曾如此断言，“江津子的行动范围有限，从时间上看，她也不可能把凶器带到远处去。”

“侦探小说里不是常有让凶器不翼而飞的小花招吗，”山野笑道，“比如用冰做成的凶器杀人，杀完，那凶器就被体温融化了……还有让小鸟叼走的呢，真是无所不用其极啊……”

“这也太扯了。”

木曾一口否决。

泷井主任刚在电话里说过，从被害者的棉毛衫与衬衫的刀口推测，刀刃大概一点五厘米宽，刀长十厘米左右，只有一面开刃。

现实生活中怎么可能出现冰刀这种荒唐的凶器！况且被害者衣物上还留有刀刃与把手接口的痕迹。

“看来要从本部借个金属探测器了……”

山野安慰道。

“是啊。就屋顶没找过了。”

“如果屋顶上都没有，那江津子就不是凶手了吧。”

“怎么说？”

“您不是说了吗，江津子的行动范围有限，照理说凶器就应该在这个范围里啊。本该有的东西却没有，这不就说明了她不是凶手吗？”

“嗯……”

木曾咬紧下唇。好尖锐的问题。如果她一口咬定不是她杀的，且警方也没有发现凶器，那就的确得考虑考虑他人犯案的可能性。

可小路两端的居民证实，案发时间并没有人溜进小路再离开。

首先是香烟店的中年主妇：

“我要看店，就钻在暖桌里看着外头。傍晚大家下班回来的时候常来买烟。江津子夫人转弯去买东西的时候还跟我打招呼来着。我也看见她买完东西回来。她披着的那条披肩可好看了。那段时间我一直看着外面，如果有陌生人过来，我肯定会注意到的……”

店门口有亮堂堂的路灯，且小店就在小路口子上，有人出入定会看得一清二楚。她的证词可信度极高。

而小路的另一头是一家蔬果店。六点左右，店主正在路上烧废木箱。

店主的说法是：“那是五点半左右吧……我瞧见那个叫须贺的了，心想怎么来了个陌生人。是茶色的西装吧？绝对没错。其他进进出出的都是熟人，都跟我打招呼呢……六点半之前应该没有陌生人出来过呀……”

总而言之，除了这段小路的居民，案发时间前后并没有陌生人来过。

这正是江津子行凶的有力证据。可警方要是找不到凶器，这又成了洗清江津子嫌疑的重要反证——因为江津子是不可能离开小路，跑去别处藏凶器的。

凶器——木曾捧起粗壮的胳膊。这起案件的最大焦点，便是凶器的所在。江津子究竟是如何利用那空白的六分钟的？

署长走进会议室说道：

“不好意思打扰大家休息了，但我们还得制定今后的调查方针，就一边喝茶一边开会吧。时间不早了，速战速决。”

刑警们离开火炉边，回到座位落座。木曾也合上笔记本，坐到泷井主任身旁。

一丝不安掠过心头。一张脸划过他的视野——那是江津子的女儿加代子稚嫩的表情。木曾再次品味起那股难以名状的焦躁感。

——为什么那孩子的面容总在我眼前挥之不去？

第四章　进展（Ⅰ）

知道吗
月姬有一根魔杖
爱欺负人的星星
被那魔杖一敲
你瞧
星星变成了流星
逃之夭夭

深夜的搜查会议一直开到半夜一点。每个人都油光满面，难掩疲惫之色。

说是“搜查会议”，可嫌疑人都在局里了。之所以要讨论这么久，是因为两三名刑警认为凶手并非江津子，与主任、木曾产生了争论。然而众人并未讨论出个结果来。至今不知去向的凶器，更让案情迷雾重重。

不过，质疑的焦点在“动机”上——部分警员认为，江津子并没有杀害须贺俊二的动机。

一位刑警如此说道：

“被害者在监狱里待了四年多，其间完全与社会隔绝，也就是说他的生活中存在长达四年的断层，江津子为什么会对他产生杀意？他连自由都没有，又怎么会做出让他人产生杀意的事情呢？”

主任如此反驳：

“被害者刚出狱，正饥渴着呢。江津子是他表哥的遗孀，风韵犹存，而他早就认识江津子。孤男寡女，独处一室，被害者就起了邪念……”

“不对啊，”山野刑警插嘴道，“就算被害者真动手动脚了，逼得江津子要杀人，那凶器肯定会被丢在案发现场啊，她哪儿有闲心大摇大摆地出门买东西来制造不在场的证明呢？”

“没错，”署长发话了，“这案子肯定是计划好的。问题是江津子为什么要杀他，又是从什么时候开始计划的……”

“署长，您也觉得是江津子干的？”

持反对意见的刑警问道。署长用力地点点头说：

“正如木曾与泷井所说,江津子在案发现场的行动非常可疑。”

“可光凭环境证据……”

“不，我确信她绝对脱不了干系。来警局之后，她一滴眼泪都没流过。亡夫的表弟死了，普通女性怎么可能不哭呢！”

“可江津子若是处心积虑要杀他，”刑警就是不让步，“被害者肯定会有预感的啊，但尸体完全没有反抗的迹象。”

署长答不上来，但这并不代表他认可了刑警的意见。经验丰富的署长本能般地对江津子产生了怀疑。

署长苦着脸，默默抽起了烟。

会议中有过好几次的沉默。唯有火炉烧得正旺。疲劳让人们越发不愿开口。

“最可怜的是那孩子……”上田署资格最老的金子刑警轻声说道，“这都第二回了……”

木曾突然抬起头来。笼罩心头的疑惑蠢蠢欲动。

“金子警官，那孩子是江津子的亲生女儿吗？”

“是啊，是江津子跟死去的丈夫生的。怎么了？……”

“哦，没什么……”

“六岁了吧……这孩子可真不走运啊，爹妈都上报了……”

“她父亲怎么了？”

“她父亲叫精一郎，是个高中老师。几年前从妙义山大炮岩上失足摔死了。”

“失足……是意外？”

“应该是吧。妙义署去现场确认过的。那时正好是暑假，精一郎的父亲利辅还是现任的市议会议员呢，葬礼办得那叫一个大张旗鼓……那会儿他女儿才出生不久呢。爸爸出意外死了，妈妈又是杀人犯——还有比这更惨的吗？”

说着，他喝了一大口凉茶。

他一说完，署长便立刻站起身来说道：

“大家都累了，今晚就先到这儿吧。明天早上照计划进行。各位辛苦了。散会。”

走出警署，冰凉的风扑面而来。木曾深吸一口寒冷的空气。

半夜一点。

路面都冻住了。木曾听着自己的脚步声，一步一步往前走。

署长下了指示，天亮后使用金属探测器继续找凶器，还给搜查人员分了组。

可是……木曾边走边想。找不到的不仅是凶器——警方该找的，应该是行凶动机才对！

木曾凝视着眼前的黑暗。

动机是个抽象而无形的玩意。要如何从江津子的心中挖出这个动机来？想着想着，他突然想起了金子刑警的话。

——她父亲叫精一郎，是个高中老师。几年前从妙义山大炮岩上失足摔死了。爸爸出意外死了，妈妈又是杀人犯……

这句话仿佛一盏明灯，点亮了木曾的心。联想朝奇妙的方向发展。

那场所谓的“意外”不会是他杀吧？“意外”会不会是计划好的？

这一联想毫无根据，也没有逻辑。黑暗中，木曾眼前仿佛出现了一幕光景……

妙义山。朝天空凸出的大炮岩。因形似炮身而得名。一名男子站在岩石尽头。另一名男子渐渐逼近他背后。两人纠缠片刻。突然，其中一人摇摇晃晃，一个没踩稳，失足坠落。留在岩石上的男子眼睁睁看着坠落的男子变成小黑点。男子缓缓回头，朝木曾望去。须贺俊二！木曾惊慌失措。

（怎么会是须贺俊二呢！）

木曾无法解释眼前的光景。太荒唐，太没逻辑了。妙义警局都确认过了，那的确是一场不幸的“意外”。我为什么认定那是“他杀”，还把须贺俊二设想成凶手？这分明是处心积虑给江津子制造“动机”啊。木曾不禁苦笑。

可木曾又想起俊二进监狱前说的那句话来。他定是料想到了出狱后的生活。这是否与案子有关？俊二与江津子。男的在监狱里过了四年，女的则独守六年空闺——

（对了！要是他们有交点，俊二坐牢的时候肯定用某种方法联系过她！有必要好好查一查……）

思维的碎片一闪而过。木曾越走越慢，甚至忘却了寒风瑟瑟。

江津子的丈夫死于六年前的“意外”。两年后，俊二因伤人致死被捕。当时他已与妻子分居，夜夜烂醉如泥。

（他为什么要借酒消愁？因为对妻子心怀不满？还是——）

案发当晚，俊二在某处过了一夜，第二天早上才来自首。说不定他就是在江津子家过的夜。

那一晚，两人究竟谈了些什么？——木曾心跳加速。那天晚上，俊二会不会交代了“意外”的真相？

木曾回过神来，暗自咂舌。

（我怎么又胡思乱想了……）

他不禁摇了摇头，想要舍弃那毫无逻辑可言的妄想。然而，疑惑并不会轻易离他而去……

木曾轻轻拉开大门，尽可能不发出声音。但屋里的人影动了。

“回来啦。”

身着睡衣的杉子迎了出来。

“还没睡啊？”

“刚才差点儿睡着，都怪久美子一直缠着我闹……”

“喂，”木曾边脱鞋边笑，“我决定送久美子去学钢琴了。”

“我都听说了。”

“听说什么？”

“真是那人干的吗？”

“你说谁啊？”

“钢琴老师啊。”

“啊，那个口碑很好的老师啊。”

走进房间，只见暖桌旁铺了被褥。久美子张着小嘴睡着了。木曾站在原地，俯视着女儿的小圆脸。脸蛋红扑扑的，童花头油光闪闪，就跟沾了水一样。

“给。”

妻子为他套上暖过的棉袍。

“嗯。”

缓缓松开领带——这便是“刑警木曾俊作”变回普通丈夫的瞬间。

“学钢琴也不是笔小开销啊……”杉子边泡茶边嘀咕，“让久美子学其他东西肯定也很花钱……”

“不，一定要学钢琴。”

木曾把心一横，顿时觉得痛快多了。

他把脚伸进温暖的暖桌。桌上摆着本摊开的女性杂志，封面是面带微笑的一家三口——年轻的爸爸妈妈，中间站着孩子。

木曾瞥了眼照片下方的大字：为宝贝买份保险吧！为入学、出嫁作准备，保障孩子的美好未来。

木曾的上半身靠向熟睡中的久美子。手则放在柔软的小身子上。木曾眯起眼睛。每个孩子睡着时都会散发出好闻的奶香味吗?

木曾凝视着女儿稚嫩的睡脸。突然，另一张笑脸与女儿的重叠在一起。江津子的女儿——加代子哭丧着脸的表情在眼前闪过。难以名状的感动涌上心头。

我是在拆散这对母女吗……

“给，热茶。”

“嗯。”

“怎么了？”

“没什么，”木曾坐起身，看着睡梦中的孩子说道，“不知她长大了是不是个美人……”

第五章　进展（Ⅱ）

一天夜里

月姬说

魔杖啊魔杖

帮我找个朋友吧

要很可爱、很可爱的女孩子哦

要很温柔、很温柔

能和我好好相处的女孩子哦

木崎江津子，三十三岁，东洋音乐大学肄业。昭和二十八年，与市议会议员木崎利辅（已故）长子精一郎结婚。昭和三十年，长女加代子出生，同年，精一郎在攀登妙义山时不幸坠落身亡。现于市内新参町教授钢琴……

审问室窗外是一片蓝天。今天天气晴好，阳光中带着早春的暖意。

署长不时用手指推推滑落的眼镜，浏览木崎江津子的调查报告。

书桌对面坐着江津子。署长一言不发，江津子亦然。

（这女人究竟在想些什么？）

署长继续看报告中的蝇头小字，所以他不知道江津子脸上的表情。她定是跟摆设一般一动不动。

（她老公究竟看上她哪一点啊……）

须贺俊二（被害者），三十六岁。旧制上田中学毕业。有前科（伤人致死）。地方法院判处有期徒刑五年。于长野监狱服刑。今年二月假释出狱。服刑期间，妹妹芳江招了个上门女婿继承家业（六文钱书房）。被害者于昭和二十七年结婚，但昭和三十年起与妻子分居，入狱后在狱中协议离婚。母亲缝，六十八岁……

简单的记述概括了好几个人的人生。悲伤、哭泣、痛苦、绝望、悔恨……当事人的过去被浓缩成了短短数行文字。

远处传来孩子们的高喊。房间里亮得令人晕眩。

署长突然抬起头来问道：

“昨天睡得好吗？”

“不好。”

“太冷了？”

“是的。”

“人啊，一失眠就会想事情。”

“……”

“你想了些什么？”

“……”

“会后悔，会反省，还会想起那些忘记了的事情——”

“我没什么可说的。”

“哦。”

署长又看起了报告，还点了根烟。烟盖住了文字。

“听说你有个女儿。”

“是的。”

“昨天晚上你母亲来了，陪孩子睡了一晚，真是不容易啊。”

“我不在家的时候，总会让母亲来照顾孩子。”

“你对被害者有什么想法？”

“……”

“须贺俊二。作为一个人，一个女人，或是他的表嫂，你是怎么看他的？”

“我觉得很不可思议。”

“不可思议？什么意思？”

“他究竟做了什么让他惹上杀身之祸的事情呢……”

署长强忍着怒气。如果他还是当年那个热血刑警，早就大吼大叫，连推带搡好几回了。

他抓着书桌边角说道：

“你好歹也是上过大学的人，想必你也清楚你是个什么立场，我们又是个什么立场。我就不跟你绕弯子了，须贺俊二是你杀的吧？”

“……”

“你把凶器丢哪儿去了？”

“……”

“还是藏起来了？现在有几十个训练有素的警员在案发现场，他们会运用各种先进设备搜寻凶器。我不过想节约点时间而已。”

“……”

“说，凶器是水果刀吗？”

“……”

“还是短刀？”

“我不知道。我什么都没看见……但剥夺生命的，并不是水果刀或短刀。”

“什么意思？”

“我突然想到……凶器是看不见的东西，是无形的东西……”

“比如——”

“生活，或是思想。就是这些逼死了他——俊二肯定是被俊二杀死的。”

“你是说……自杀？”

“我不知道。我什么都没看见。”

署长长叹一口气，捧起胳膊，很是怫然。这不是审问，也算不上对话。两人的话语仿佛平行线一般，你说你的，我说我的。

从尸体的情况看，他绝不可能是自杀。但江津子却暗示了自杀的可能性。那凶器到底去哪儿了？知晓真相的，除了她别无他人。

署长再次凝视起江津子来。她低着头，一言不发。必须突破她的心理防线，挖掘出隐藏在她心底的秘密。可……她究竟会不会敞开心扉？

面对雕像般纹丝不动的江津子，署长竟品尝到一丝奇妙的孤独感。

正午。寻找凶器的警官们收队了。泷井搜查主任看着他们的背影，对走来的木曾说道：

“阿俊啊，案情又回到原点了。”

“……”

木曾微微一笑。从案发现场的情况来看，江津子的行动的确令人“疑惑”。在了解情况的过程中，“疑惑”变成了“嫌疑”，最终发展成了“逮捕”。“疑惑”是木曾指出的，而主任也支持他的推论。这种连带感，让二人迟迟不愿离开现场。

主任向着早春阳光说道：

“今后可怎么办啊……”

“是啊……”

“我们没有疏漏。行凶现场保存完好。江津子的空白时间不过几分钟。案发时并无可疑人物出入这条小路。这究竟是怎么回事啊……”

主任环视四周。半天的努力成了无用功，可主任还是不愿放弃。木曾很理解他的心情。

附近没有水沟，也没有小河。今天的搜索工作比昨天更彻底，投入的人手比昨天更多，使用的器械比昨天更先进。天花板自不用说，警官们还死马当活马医地找了找屋顶和雨水管。钢琴内部也难逃检查。门窗、家具被里里外外查了个遍，以防凶手把凶器藏在事先开好的暗格里。无数视线投向盆栽与树木……

解剖结果显示，凶器似是刀刃约十厘米的小刀。于是鉴识课员就找了把类似的小刀，从各个角度抛掷，探究小刀可能掉在何处。

即便如此，他们还是没找到凶器。法律对没有物证的犯人很是宽容。所以眼下木崎江津子并不用担心。

主任低头寻思道："除非……"

"除非什么？"

"有共犯。会不会有人帮了江津子一把？"

"谁会帮她啊？"

木曾盯着主任问道，不料主任低着头迈开步子。

"阿俊，陪我来一趟。我最不擅长搞这些了……"

江津子的母亲看起来很有气质，六十五六岁的样子。她跪在玄关，迎接主任与木曾。一来二去，两位警官早已混了个脸熟。

"二位又来调查啊？……"

"不，"主任含糊其词，一脸不知该如何开口的表情，"实不相瞒，我有些问题想问问小朋友……"

"啊？要找加代子啊？"

"是的，不是什么大事，请问加代子在家吗？"

"在，在二楼的房间里呢，谁让我没法陪她玩呢……"

她回头看了看一片狼藉的屋子。调查人员刚走，她还没来得及收拾。

主任不敢看乱七八糟的房间，只得说道：

“那我们就打扰了。”

说完，便催着木曾，熟门熟路地上楼去了。

二楼有个四张半榻榻米大的儿童房。之前木曾曾来过一次。南侧有一扇窗户，屋里明亮而清洁，很是惬意。硕大的架子上整整齐齐地摆着玩具与图画书，可见江津子管教得很严。他拿起那些玩具检查，又打开放有积木与换装娃娃的大箱子查看。越看就越来气……

（居然还要检查孩子的东西……）

两人来到房门口，主任再次说道：

“我真的不擅长搞这些……”

加代子坐在小书桌前，摊开画纸，用蜡笔画着画。

见主任与木曾在书桌旁坐下，加代子腼腆地笑了笑，但没有停手。

“嗬，加代子你画得可真好！”

主任仔细观察加代子的画。墙上也用图钉钉着两三张蜡笔画。她许是特别擅长画画。那熟练的“手法”，明显是做给两位警官看的。

加代子用力涂抹着蜡笔。画上有一张脸。鸭蛋形的脸上只画了一只眼睛。杂乱的头发。手“装”在脖子上，呈水平状，还戴着刺青一般的手表。衣服是红色的，穿着绿色的裙子。也许是觉得用绿色不合适，加代子又用别的颜色涂了涂裙子。三个白色纽扣。没有地方画脚了。孩子犯了愁，抬眼看了看主任。

“这是谁啊？”

“妈妈。”

“好漂亮的衣服啊……”

主任只能夸几句。

“还有更漂亮的衣服呢。我也有哦。口袋那里有小兔子的。”

“是吗，是妈妈买给你的？”

“不是啊，是月姬给我的。”

“月姬？”

“嗯,月姬可喜欢我了。月姬住在很远很远的地方,比东京,比美国还要远。叔叔，你去过吗？”

主任苦笑着摇摇头。木曾一言不发地听着两人的对话。“六岁的女孩……她跟我家久美子一样大……”

“加代子啊,”主任勉强挤出一个笑脸,看着孩子问道,“你还记得昨天晚上的事情吗？你不是去隔壁看电视了吗？”

“嗯，我每天都去的，我最喜欢看动画片了。”

“是吗。在你看电视的时候，你妈妈来了是吧？说家里出事了，快点叫人去看看。”

“那个叔叔到底怎么了呀？”

“叔叔啊，被刀子弄伤了。那个时候你妈妈有没有给你什么东西呀？让你小心拿着，不能弄丢的东西……”

女孩一言不发地望着主任。

“你是不是把妈妈交给你的东西给忘了啊？……”

孩子张开小嘴，仿佛在努力回忆一般，末了，她轻声说道：

“妈妈在发抖……”

“然后呢？”

“来了很多警察叔叔。”

“好像是把小刀呢，你妈妈正到处找呢。”

“我不知道呀。”

“再想想，拿出来给叔叔们看看。”

“我没有啊。”

“没有？是不是丢到什么地方去了啊？”

“不知道。”

“怎么会不知道呢？再想想。”

“我不知道……”

眼看着孩子就快被逼哭了。

“主任！”木曾赶忙劝道，“别问了，没用的。”

“为什么？我们不能放过任何可能性啊。”

“连这六岁的孩子都不放过吗？”

“这……也是调查的盲点啊。孩子不正是死角吗——”

“不是她藏的，”木曾说道，“我很肯定。”

“哦？”

“我们出去说吧。”

木曾与主任站起身。走出房间时，主任回头说道：

“加代子，再见。”

孩子没有回答，而是一脸惊恐地抿紧嘴唇。木曾看在眼里，疼在心里。

来到明亮的大马路，两人并肩而行。木曾比主任高两寸。主任的黑色风衣粘了灰尘，都发白了。

“案发当晚，”木曾边走边说，“那孩子洗过澡。就在您带走江津子之后。”

“在她们家洗的？”

“不，在隔壁家。高中老师的妻子帮她洗的。”

木曾缓缓道来。

原来那位夫人有洁癖。一想到江津子的手碰过尸体，而那双手又碰过她，她就觉得浑身都是血腥味，再也忍不了了。江津子的衣服上的确有血痕。至于那是行凶时溅到的，还是抱起受害者时不小心沾到的，鉴识课员也说不清楚。

“所以就泡澡了啊……”

“是的。江津子的哥哥阵场医师和母亲从她娘家赶来，还是我带去邻居家的。两人赶到时，孩子刚从浴缸里出来。”

“哦……”

“夫人说，看孩子没精打采怪可怜的，就陪她一起洗了。江津子的母亲感动得不行，还哭着道谢呢。”

“我记得那孩子上半身是毛衣，下半身是裤子。是那夫人帮着脱下的吧？”

“是的，也是她帮忙穿上的。而且衣服脱下来之后，夫人还把衣服叠了一下。凶器不可能在孩子手里。”

木曾斩钉截铁地说道。主任并未作答。明亮的阳光下，主任耷拉着肩膀，显得很是凄凉。两人沉默着往前走。

“阿俊啊，”主任停下脚步，“在这儿开个搜查会议吧。”

“在这儿？”

木曾抬眼一看，只见主任用眼神指了指前方的招牌。名曲咖啡厅佳丽娜，营业中。木曾心领神会。

“不错啊。”

主任带头推开了门。店里空荡荡的，只有轻轻的音乐声。

“今后可怎么办呢……”

主任找了个位置坐下，猛吐一口烟。桌上的台灯照亮了他疲惫的脸色。店里跟黑夜般昏暗,大概是刚进店还不习惯吧。

“凶器与动机啊……”

主任喃喃道。居然还押韵了。他往咖啡里加了点奶。

“说起动机，”木曾拿起杯子说道，“昨天晚上我想了想，也许俊二与江津子之间有某种关系。这个‘关系’就是犯案动机。可俊二出狱才一个星期,所以这个关系肯定得往以前找。”

“从昨晚到今早的调查结果来看，俊二不过是江津子丈夫的表弟，街坊邻居还说江津子是世间罕有的贞淑寡妇呢。”

“肯定有什么我们还不知道的‘内情’。”

“问题是要怎么找呢……”

“可以调查俊二的服刑生活，看看他们有没有联系过。当然从监狱里发出去的东西会经过检查，但总能成为推测两人关系的好材料吧……”

“原来如此。”

“能否请您帮着问问监狱看守或工作人员？”

“你怎么不问？”

“我想先去另一个地方看看……也许会是白跑一趟吧……”

“白跑就白跑嘛，九十九次白跑，也许能换来一次不白跑呢，”主任居然说了句很有哲理的感想，他本人也发现了这一点，难为情地笑了笑，“唉，白费工夫的事情太多了。还有那张假钞呢——”

“啊，那事儿查得怎么样了？”

“川路在查呢。手法太幼稚了，八成是孩子的恶作剧吧……”

“香烟店就不记得那假钞是谁给的吗？”

“关门算账的时候才发现的，谁记得啊。假钞本就难查，局里人手又紧张，真是屋漏偏逢连夜雨……”

主任一口饮尽咖啡。假钞的话题到此为止。其实他们已然摸到联系两起案件的关键，但潜意识中还是将思考的重点移到了“杀人案”上。

两人的对话停顿片刻。乐声仍在流淌。主任闭目养神。

木曾轻声说道：

“我肯定在哪儿见过那孩子——”

“别想啦，”主任闭着眼睛笑道，“孩子嘛，满大街都是。”

“不不，不是那个意思，我总觉得以前在某个很重要的地方见过她。可就是想不起来是在哪儿，又是怎么见到她的。这问题困扰我好久了……”

“这不是常有的事吗，以为以前见过一模一样的东西，或是有过一模一样的经验……可就是想不起来。让人急得焦躁不安，牙痒痒——”主任抓起账单，站起身道，“我先回去一趟，查查监狱那边有什么线索。希望能有突破吧……”

一开门，午后的阳光十分刺眼。两人眯起眼睛，一左一右，分道扬镳。

“不好意思，我想跟您打听些陈年往事……”

上田高中的会客室。木曾与内山老师对面而坐。金子刑警说，当年精一郎在妙义山出事后，是学校派人去领回遗体的。木曾到学校接待处一打听，工作人员说，大概是内山老师去的吧。之后他就被带来了这间会客室。

“请问有何贵干？”

来人将印有职务的名片递给木曾，态度显得有些僵硬。四十五六岁的样子，看起来很是耿直。

“我想了解一下在妙义山意外身亡的木崎老师的情况……听说您比较了解当时的情形……”

“啊，是那件事啊。我记得很清楚。那是六年前的事儿吧？唉，时间过得可真快。”

“当年是您代表学校去的吗？”

“是的，那边的警局最先联系了学校，于是我就跟他夫人一起赶去了。”

“哦，是江津子夫人吧……”

“没错。”

对方说着露出了疑惑的表情。

今天早上，江津子因杀人嫌疑被捕的消息登报了。

木曾继续问道："请允许我问个奇怪的问题……木崎老师真是意外身亡的吗？他的死有没有什么疑点？……说说您的感觉就行。"

"肯定是意外，不会有别的可能。"

教师如此断言。接着，他一边喝着工作人员送来的热茶，一边解释起来。

当时学校正好放了暑假。照理说暑假期间员工出门旅游，需要汇报校长才行。但很少有人遵守这条规矩。学校并不知道木崎去了妙义。

在信越线松井田站下车，再坐二十分钟的巴士，就是妙义登山口所在地妙义町了。说是"登山"，其实不过是给小学生一日游的地方，和我们平时说的"登山"是两码事。上山的目的是看各种奇形怪状的岩石。途中虽有些需要依靠铁锁链和铁梯攀登的地方，但那只能骗得女孩尖叫两声罢了。不过高达五百米的悬崖峭壁，以及向着空中凸出的怪岩的确很美，足够赏心悦目了。

木崎精一郎出事的地方俗称"大炮岩"，位于妙义三连峰之一的金洞山。附近能观赏到明治文人大町桂月命名的"日暮绝景"。

正午过后，大炮岩上站着三名东京来的女学生。木崎拿着照相机凑过去说想给她们拍照。她们自是一口答应。

凸出的炮身状岩石非常高，大男人站上去都会脚软。三个女学生抱成一团，摆了个姿势。木崎拍了两三张照片，便将照相机交给学生，让她们帮他拍一张。

女学生调整焦距，把相机对准木崎。他笑着摆了姿势，不料一脚踩空。最要命的是他正巧站在岩石尽头。“啊——”女学生喊道。模特消失了，镜头里空留一片蓝天。下一秒，三人瘫坐在地。听到混杂着哭声的惨叫，人们纷纷赶来，只见其中一名女学生还紧握着木崎的照相机……

“原来是这样——”

木曾仿佛能看到当时的光景。教师也是一脸感慨。

“我还记得木崎葬礼那天，那几个女学生还送了花圈跟悼词来,把不少在场的人惹哭了。他的死,的确是个不幸的意外。”

教师的话打消了木曾的疑惑。

我怎么会想出那种毫无逻辑的事情来……

木曾暗自咂舌。

“木崎老师是不是很喜欢登山啊？”

“是啊，不过他喜欢的不是山的宏伟，而是山的孤独……”

“孤独？”

“木崎那人比较内向，不喜欢吵吵嚷嚷的环境。声音和态度都有点女性化。学生还笑话他娘娘腔呢。”

教师第一次露出笑容。

“木崎夫妇的感情好吗？”

“好得令人羡慕呢。毕竟那会儿他们才结婚两年啊。大家都说他们是全校最恩爱的夫妻呢。”

“那夫人一定很伤心吧。”

“是啊，葬礼上她抓着木崎的遗体不肯松手，哭得昏天黑地……旁人都看不下去了……”

因杀人嫌疑被捕后，江津子一滴眼泪都没流过。可当年她竟抓着丈夫的遗体号啕大哭。看来须贺俊二绝对无法介入他们的夫妻生活。

木曾起身说道：

“占用您那么多时间真是不好意思，太感谢了——”

教师好像有话要问，可木曾径直走了出去。

校舍由城池遗址的一部分改建而成。而古城门则改建成了校门。早春暖阳洒在暗淡的白色围墙上。

木曾低着头走出校门。

回到警署，发现主任已等候多时，眼睛里写满了活力。

“哦，辛苦了，辛苦了，怎么样？”

连声音都显得神气十足。

“果然是白跑一趟。”

木曾苦笑道。

“没办法，天下哪儿有那么多好事啊。来，坐下说。”

主任很是高兴地点了根烟。眼角带着笑意。木曾的直觉告诉他，案情怕是有了进展。

“您好像很高兴嘛。”

“嗯，鉴识课那边有消息了。濑川立大功了。他发现了证实江津子犯案的有力证据！”

“呵——”

“你见过江津子手上的金戒指吧？”

“嗯，见过。”

“那是她老公给的结婚纪念礼物。”

“戒指怎么了？”

“金光闪闪呀……”

主任吐了口烟。木曾愣是没听明白。

“可不是吗，因为江津子行凶之后洗过手，然后再出门的啊——”

“你怎么证明她洗过手？”

“这……”

木曾还真答不上来。主任继续说道：

“濑川就看准了这点，他检查了江津子的戒指。不是表面哦，是内侧。里面刻着‘满怀爱意’，还有结婚的年份。字的缝隙里有鲁米诺反应，可见里头有血。血型是AB型，与被害者完全一致。”

“……”

“被捕时，江津子的衣服与指尖都沾着些血迹。她辩解说，那是她想抱起被害者时不小心沾到的。她的戒指金光闪闪，可内侧却留有被害者的血痕，这就说明她曾满手鲜血，之后才洗了手……”

主任兴奋不已地说道。木曾也被感染了，不禁两眼放光：

“太棒了！终于找到突破口了！对了，监狱那边有什么消息吗？”

“啊，我问了，接电话的正好是负责被害者的看守，把知道的都说了。俊二在牢里待了四年，就给江津子寄过一次明信片。”

“一次？就一次？”

“是啊。但江津子并没有回信。”

“这条线果然不行啊——”

木曾失望地叹息。

“明信片是三个月前寄出来的。上面说他得以假释出狱，近期就能重获自由了，期待着能早日见到她，每天都是模范犯人……大概是这么个意思吧。”

“这……实在不好说啊……”

“不，这可不一定，这通电话绝没有白打，”说着，主任又点了根烟，“第一，江津子可以通过那张明信片，得知俊二即将出狱的消息。也就是说她有足够的时间准备行凶计划。第二，普通人收到这种明信片，肯定会回一封信鼓励鼓励的，但她并没有那么做。可见江津子并不喜欢俊二。问题是接到俊二的电话时，她居然主动提出要给他开个庆祝会，这不是很矛盾吗？”

“嗯……”

木曾抱臂凝思。

主任说得没错。江津子的心理与行为的确相互矛盾。但他们真的离行凶动机更近一步了吗？谜题依旧存在。

“对了，”主任盯着沉思中的木曾说道，“阿俊啊，你究竟去哪儿白跑一趟了？”

“哦……”

木曾不禁挠挠头。事已至此，总不能用“无可奉告”搪塞过去吧。他只得言简意赅地汇报了毫无逻辑的“妄想”，以及惨不忍睹的调查结果。

说完，主任不禁笑道：

“阿俊啊，你的想法也不是完全不可能啦，电影里不是常有这种情节吗。贞女为过去的犯罪复仇，好一段佳话……”

“那肯定是三流电影。”

“不过……”主任歪着脑袋说道，“真的喜欢爬山，又为山的孤独所倾倒的人，怎么会跑到妙义去啊……那座山根本不是用来爬的，就是个普通的景点嘛……”

木曾心不在焉地听着主任的话。

从上午到下午，警方对木崎江津子再三审问。然而，她总机械般重复同样的话语：

“不是我杀的”、“我什么都不知道”……

凶器仍不知踪影，可种种迹象表明，凶手只有可能是江津子。能拘留的时间只有四十八小时。是释放还是起诉？署长焦虑不已，愁眉不展。

就在这时，濑川鉴识员发来了报告。署长拍案大喊：

“就这么定了！”

唯一的证据浮出水面。无论是刑警的直觉还是环境证据，都指向了江津子一人。

署长将戒指甩在江津子面前说道：

“看你怎么狡辩！”

可江津子低头不语，面无表情，姿势也是一动不动。

一股不安涌上署长的心头，令他狼狈不已。

（是不是搞错了……）

第六章　来信（Ⅰ）

你知道吗

昨天晚上

月姬偷偷地

进了你的房间

穿着缝有装饰的白色洋装

和银色的鞋子

真的好漂亮

什么时候再来呀

案发两天后。三月一日。

送信的红色摩托车在朝阳中飞驰，停在了上田署门口。厚厚一沓信件摆在接待处窗口前。

“早。”

“辛苦了。”

邮递员呵着白气，扬长而去。几分钟后，署长一脸紧张地冲进鉴识课办公室，还把搜查主任叫了去。五分钟后，所有调查人员都收到了紧急集合命令。

署长好不兴奋地走进会议室，对在场的署员说道：

“方才我收到了一张明信片，现在已交给鉴识课检查。收信人是‘上田警察署署长’，内容事关重大，我就一字不差地抄在了笔记本上。下面我会把明信片的内容写在黑板上，请大家讨论讨论。”

说着，署长用粉笔写下如下这段话：

木崎江津子不是凶手

凶手是个男的

我路过时看见了

那人还把踩扁的娃娃

塞进尸体手里

是个戴眼镜、穿滑雪衫的男人

警方　把眼睛擦亮点

署长一写完，会议室便笼罩在一股紧张的氛围中。兴奋化作人们的交头接耳。木曾捧着胳膊，目不转睛地盯着黑板上的白色文字。

署长拿着粉笔，一言不发地站了许久，随后环视四周，仿佛在衡量明信片所带来的影响。

这种明信片并不罕见。尤其是发生杀人案的时候，总有人寄明信片来恶作剧，还有不少告密的。但这张明信片有足够的内容震慑到各位刑警，因为它提到了两个重要事实。

倒地的尸体右手中，的确握着个丘比娃娃。现场调查结束后，鉴识课员就把娃娃带回去了。只有警员知道娃娃的存在。报上没有登，隔壁邻居家夫人也没直接看到行凶现场。

而且鉴识课员带回局里的丘比娃娃的胸口的确凹进去了一块，就像是被人踩过一脚一样。警局里知道这件事的不过凤毛麟角。

问题是这张明信片却明确指出了这两点。而且寄信人明确指出，凶手是个“男人”，还“戴眼镜 穿滑雪衫”。明信片的真实性，令警员们兴奋不已。

署长再次开口道：

“想必各位也发现了，这张明信片绝不是普通的恶作剧。我们以嫌疑人的名义逮捕了木崎江津子。之后的调查结果佐证了她的罪行，还找到有力的证据。我认为，这张明信片不可全信，也不可不信。明信片有几个明显特征，如果调查进行得顺利，兴许能查出寄信人是谁。”

署长开始具体说明明信片的特征。

1. 明信片上原本用墨水写过几个字，寄信人用剃刀之类的刀片把那些字刮去了。因此明信片正反面都起了毛。

2. 明信片上的字用铅笔写成，从字体看，寄信人故意改变了笔迹。

3. 用墨水时，他不小心拿起了明信片，在表面留下了拇指指纹，而背面则留下了食指指纹。

4. 明信片上还有类似油渍的污点，也许能从中提取指纹。

5. 这张明信片是从市内邮筒寄出的，由此可判断出寄信时间是二十八日（案发次日）正午至下午六点。

“鉴识课正在加紧调查这张明信片，希望能提取出指纹来。当然，光指纹也许难以查出寄信人的身份，但有指纹就能请县本部和各署配合调查了。”

说完与明信片有关的事情，署长才有空抽出一根烟，环视在场的所有人。

没人立刻发表意见。调查工作好不容易走上轨道，不料半路杀出个程咬金，改变了路标的指向。而且那人还说得极为具体,指出了一个新的调查方向。警方正面临着抉择。疑惑，让警员们默不做声。

木曾捧着胳膊，呼吸着沉重的空气。

戴眼镜的男人——穿滑雪衫的男人——真有这么号人物吗？他从何而来？又去了哪里？他为什么要让尸体握住那娃娃？思维空转的过程中，木曾听见一阵杂音——警方，把眼睛擦亮点！

“有问题！”突然,主任抬起头来说道,“那明信片有问题！”

所有人的视线集中在主任身上。主任圆圆的脸颊涨得通红。人们等候着他的解释。

“我一到案发现场，就四下观察了一下。当时面朝小路的玻璃窗都关着！而且窗户用的是不透明的玻璃。寄信人说他‘看见’了凶手，可从案发现场的情况看，他是不可能目击到行凶过程的！”

没错！木曾想，准备搜索凶器时，山野刑警不是打开窗户跟他说话来着吗？主任记得一点没错！

署长道:“说不定案发时那窗户是开着的呢……”

主任反驳道:“那也太不自然了。行凶时窗户不可能开着，如果那时是开着的，凶手为什么要在行凶之后把它关上呢？反过来才对啊。再说了，那天晚上特别冷，被害者总不可能开着窗捂暖桌吧。”

“也许他看见的是影子呢。”

“光靠影子，怎么知道凶手穿的是滑雪衫呢！”

“会不会是那人凑了过去，透过窗缝看到的？”

“明信片里写的是‘我路过时看见了’。总而言之，这人什么都没看见，因为他不可能看见！”

“不可能看见——”

署长重复道，仿佛在咀嚼回味这句话。突然，他厉色说道：

“泷井的发言给我们提供了一个重要思路。凶手不可能从屋外目击到行凶过程。那他怎么能写出看不到的事情呢？答案只有一个……”

说到这儿，署长缓缓环视在场的警员们。主任低下头。木曾难抑激烈的心跳。凝重的空气在屋内流动。人们一言不发，但英雄所见略同——

（那寄信人才是凶手！木崎江津子是无辜的！）

走出警署大门，刑警们齐刷刷地向前屈，将双手插进口袋，低着头，盯着脚尖往前走。观察力敏锐的人能轻易从刑警们的体态判断出调查进展。

路面很干，微风也能掀起沙尘。照不到阳光的地方还有不少黑色的冻土。刑警们踩着脏兮兮的皮鞋，在冻土上缓缓走过。那缓慢的步子，正是思维陷入迷宫的写照。

那天早上的会议最终还是没讨论出个结果来。谁都不敢全盘相信那明信片。但寄信人的意志的确遥控了会议的进程。

戴眼镜，穿滑雪衫的男子——还挺像那么回事。这位“凶手”在警官眼前挥之不去。

回到刑警办公室后，大家也很少开口。主任来回于鉴识课与办公室，嘴里嘟囔道：

“总之我们现在只能等鉴识课那边的结果了。指纹是唯一的线索。畜生，看见就看见呗，干吗不自报家门啊！”

刑警们最不擅长的事情便是干等。袖手旁观怎么行。走出警局，兴许能离真相更近一步。说讽刺些，那时的刑警们就是伊吕波纸牌的信徒——“事实胜于雄辩”、“人人都有走运时”。[①]

可证据在哪儿？运气又在哪儿？

警官们行走着。走着走着，自然而然就有了目的地。

---

① 这两句都是印在纸牌上的谚语。

木曾刑警的报告

我去了花园町的阵场医院。候诊室里有几名患者围坐在火炉旁。见我进屋，他们齐刷刷地抬起阴郁的眼睛，盯着我的脸看。也难怪，我脸色那么好，又人高马大的，与“医院”很是格格不入。我拖着脚步声，朝挂号窗口走去。

“不好意思，我想见见阵场医生……”

身着白衣的年轻女子放下看到一半的周刊杂志，面无表情地递出一张小卡片来。

“请在上面填写姓名、地址和年龄——”

“啊，我不是来看病的，是找医生有事……”

“医生正在接待病人……”

“四五分钟就行，最好请夫人也出来一下……”我背对着其他病人，从口袋里掏出黑色警察手册，“我有些问题……”

护士收起卡片，迅速起身，压低嗓门说道：“请在这儿稍等。”

我站在候诊室的角落，点了根烟。又用手帕擦了擦打火机，顺便也擦了擦钢笔外壳，塞回口袋中。

方才的护士很快就回来了。

“请进，医生在会客室等候。”

为了不让其他病人误会我是插队的，护士把重音放在了“会客室”上。之后她又说了遍“请”，为我带了路。

那是间很小的西式房间。阵场医生与我对面而坐，脸色比前天赶去案发现场时更加憔悴。

“妹妹给您添麻烦了……”

他低头说道，一脸不安地等候我的发问。

“请您看看这个，”我拿出准备好的打火机，“请您务必仔细看看，您见过这打火机吗？”

他接过打火机，极其谨慎地检查。他的眼中布满血丝。

“这……我没见过。这究竟是……”

“哦，没见过就算了。”

我接过打火机，放回口袋。这时，一位身着和服的女性端着红茶走进屋里。

“这是贱内，”他说道，“警官好像有事要问你。”

他拉了把椅子放在夫人面前。夫人贴着丈夫坐下。端红茶给我时，她的手不住地颤抖。

“不是什么大事，我就想问问被害者与江津子夫人之间有什么关系？”

“关系？”

“就是说……”我小心斟酌词句，“江津子夫人的丈夫去世后，她和被害者之间有没有什么特别的……男女关系……”

“怎么可能！江津子绝不是那么轻浮的女人！”阵场医生勃然大怒，打断了我，“她结婚才两年，丈夫就去世了，而且当时她公公利辅先生还在世，心疼她年纪轻轻就成了寡妇，还劝她改嫁，可江津子一口回绝了，说一个女人一辈子只有一个丈夫。利辅先生是几年前去世的，临死前他总说，‘我这个媳妇啊，真是天下第一贞淑，等我见着精一郎了一定要好好夸上一夸’。江津子心里只有精一郎，不可能容得下别人。”

我只得默默点头。

“江津子一心爱着精一郎，”夫人终于开口了，“我甚至有点儿羡慕她呢……这六年里支撑着她的，就是与精一郎之间的回忆。街坊邻居还半开玩笑地说，看江津子这个样子，都不敢随便说她的八卦呢。”

阵场夫妻的话语中没有夸张，也没有谎言。他们的口气非常严肃，仿佛在责怪我的无礼一般。然而……在我的推理中，“江津子杀害了俊二”是不可撼动的事实。肯定有内情。肯定有什么东西将两人联系了起来……

我取出钢笔与名片，摆在夫人面前。

“能否请将您家里人的姓名和出生年月写在这儿？”

夫人写完后，将名片默默地递给我。我站起身道了谢。

“百忙之中打扰了……”

阵场医生试探性地看着我问：

“江津子说什么了？”

“不……”

我露出暧昧的笑容，避开了阵场医生的视线。一开门，消毒液的味道扑鼻而来。我不禁想道，出嫁前的江津子究竟过着怎样的生活？

我忽然想起了江津子那干净的衣领。

山野刑警的报告

为了采集江津子母亲的指纹，我去了趟美玲音乐教室。这主要是木曾警官的主意。

今天早晨散会之后，木曾警官对我说：

“阿山啊，你怎么看那明信片？你觉得是谁寄来的？……”

“这……不是凶手就是目击者呗。”

“我可不这么想。那明信片肯定另有玄机。”

“另有玄机——”

“那张明信片是用来误导我们的，寄信的不是凶手，也不是目击证人……”

“可明信片的内容……”

“是啊，问题就在这儿。我是这么想的……”

木曾警官解释了“玄机”的含义。

尸体手握娃娃——真的只有警方相关人员知道这事？这便是木曾警官的低语。

会不会有人在现场不慎透露了情报？案发当晚和第二天，警方都派人去现场搜索过凶器。其间兴许有谁将此事泄露了。

再者，主任向江津子了解情况的时候也提到了那娃娃。

而她后来去了隔壁家，和高中老师夫妇谈了会儿话，女儿加代子也在场。说不定他们提到了那娃娃——

“可是，”我反驳道，“明信片白纸黑字写着‘被踩扁的娃娃’，道听途说的哪能那么详细啊……”

“不一定是被踩扁的，说不定那娃娃从一开始就是扁的。所以我觉得啊……”

木曾警官的意思是，也许某人听说了“死者手里捏着个娃娃”。而那人早就知道娃娃的胸口凹下去一块，就像被人踩过一样。于是他就将这两件事联系在一起，编出“凶手把踩扁了的娃娃塞进死者手里”这件事来，仿佛他亲眼目睹了那一幕。那人还编出了个“戴眼镜穿滑雪衫”的凶手，企图让警方相信江津子是无辜的……

原来如此！这个推论倒是有可能的。

“那寄信人是……”

“肯定是熟知那丘比娃娃的人，而且对江津子抱有盲目的同情……”

“那会是谁啊？”

“阵场医师！”

说完，木曾警官自己都吃了一惊。想必那名字是突然冒出来的吧。寄信人很不小心，在明信片上留下了指纹。于是我们就商量了一下，分头去取阵场家人的指纹。

所以我就去了趟美玲音乐教室，拜访江津子的母亲。

“我们正在摆女儿节玩偶……”

母亲正和外孙女加代子一起摆放人偶。

“后天就是女儿节了呢……”

之前为了搜索凶器，我曾一一检查放在盒子里的女儿节人偶。想起这事，我不禁有些汗颜。

“好漂亮的人偶呀，是不是啊加代子？”

我拿起崭新玻璃盒中的人偶，与孩子搭起话来。

“这是月姬给我的哦。”

“哦？月姬给你的啊？”

我笑了笑，心里却一阵疼痛。

“这孩子啊，”江津子的母亲听到外孙女的话，不禁眯起眼睛，“和月姬可要好了呢。月姬常会偷偷溜进她的房间，送各种东西给她。”

“有漂亮的衣服，还有巧克力呢！加代子是乖孩子，月姬最喜欢我了！”

“月姬这么好啊！叔叔也想见见她呢。”

“不行，月姬只喜欢女孩子。而且她只会在晚上来。妈妈说她见过月姬。可我没见过。但我有什么愿望，月姬就一定会来的！”

孩子说得两眼放光。我仿佛能看见这样一幅景象：江津子将漂亮的衣裳和巧克力放在小女儿枕边，用轻柔的声音说，“瞧，昨晚月姬又来过了”……

“加代子，你是不是有个丘比娃娃啊？那也是月姬给你的吗？”

“不是啊，是妈妈买给我的，可我找不到了。”

“那个丘比的肚子那儿凹了一块，是不是被谁踩过啊？”

“不可能！我每天都抱着它！丘比到底去哪儿了？……”

我顿感良心的苛责。见我站起身，江津子的母亲一脸疑惑地问道：

“请问……您今天来究竟……”

我说没什么大事，只是碰巧路过罢了。

“不好意思，能不能跟您借些火柴？火柴杆也行……”

说着，我掏出事先准备好的小盒子。母亲给我拿了盒新的。我将火柴盒放进口袋，告辞离去。

那小姑娘还有机会见到月姬吗？——我思索着拒不认罪的江津子与奇妙的明信片，回到警局。

金子刑警的报告

【地点】

六文钱书房

【目的】

调查被害者须贺俊二的妹夫修作的不在场证明

【原因】

俊二入狱后，妹妹芳江与母亲经营书店，但生意非常不好，再加上母女二人生活多有不便，芳江便在木崎利辅（江津子的公公·元市议会议员）的撮合下，招了冈谷市广畑农户大贺才市的三子修作当上门女婿。

狱中的俊二同意了这门婚事，但在兄妹二人的财产分清之前，俊二就出狱了。

俊二一回家，便跟家中提出想把书店卖了，将财产一分为二，他自己则去东京从头来过。母亲及妹妹表示反对，修作也找同行商量过这件事，认为俊二太过自说自话。

今天早上的那张明信片让我意识到，目前的调查工作过分集中在木崎江津子身上，也许会忽视其他人的行凶动机，因此需要调查其他人的不在场证明。

【结果】

案发当晚，修作有明确的不在场证明。当天他从下午五点起参加了同行的会议，不少人证明他在会议期间接到了案发的消息。

查到母亲缝及芳江也有案发当晚的不在场证明后告辞。下午两点回到警署。

川路刑警的报告

唉，差点儿没吓死我。坐了整整一小时的公车，却灰溜溜地逃了回来，真是不像话。呃……我去的是丸子町。松永健三——就是节子的父亲啦。四年前被俊二错手杀死的那个女孩的父亲。我去找的就是他。唉，差点儿没吓死我。

今天早上那张明信片让我产生了一个想法——要是相信那上面说的呢？如果戴眼镜、穿滑雪衫的男人真有其人呢？我们没有根据肯定，可也没有证据否定啊！

除了江津子，还有其他人有作案动机吗？想着想着，我突然灵光一闪。当年不是有个可怜的姑娘，在赏花归来的咖啡厅里被喝醉酒的俊二弄死了吗？她的父亲还在法庭上大吵大闹，要是不判他死刑，就亲自杀了他……我全都想起来了。

我能理解那位父亲的心情。

法律这玩意儿啊，就是这样。过失杀人只会判四五年。可女儿的性命再也回不来了。畜生！等那家伙出来了……天知道那位父亲会做些什么。这么一想，松永健三岂不是有杀害俊二的动机吗？

松永家位于丸子町郊外，是家规模挺大的杂货店。

我就照例找了附近一家香烟店打听情况，问问那位父亲的口碑怎么样。唉，这就是悲剧的开端啊……

香烟店里坐着个五十多岁的大妈，看起来很和蔼的样子。我总不能说我是上田警署来的吧，还不把人给吓坏了。好在我听说那个死去的姑娘有个叫友江的妹妹，我就假装成乡下常有的热心媒人，说:“我想给你们家邻居松永家的姑娘介绍个对象……”

可那位大妈突然笑了，说:“哎呀，你没听说啊？那姑娘刚嫁人。”我心想，糟了！可事已至此，还能怎么办呢。我就只能说:“啊，我可真没听说，那是什么时候的事儿啊？”大妈说:“是上个月二十七日。”那不是案发当天吗？！

这可如何是好。我就只能死马当活马医地问，婚礼是什么时候举行的啊。大妈说，是傍晚开始的，一直搞到十二点左右，她还去婚礼帮忙了呢。

一提起婚礼，大妈越说越兴奋，给我仔细描述了婚礼的情形。新郎是五点半到的,婚礼是六点正式开始的。也就是说，六点二十分（案发时）左右，一家人正其乐融融地为新人办喜事呢，所有人都有不在场证明。

还找松永健三干什么啊。我正要回去，没想到那大妈居然不让我走。说什么，“您好不容易来一趟，喝杯茶再走吧，我正好口渴了。”还拿出店里的和平牌香烟招待我。

无可奈何之下我只能多坐一会儿。没想到这时屋里又出来个男人，原来是香烟店的老板。

他毕恭毕敬地跟我打招呼，说是“有事相求”。原来他们家有三个女儿，大女儿三十,二女儿二十八，小女儿二十六，问我能不能把准备介绍给松永家姑娘的小伙子介绍给他家女儿。这可把我吓坏了。我手里哪儿有资源啊！我只能随声附和两句。那大妈还拿出三张照片摆在我面前，当然是她女儿的照片啦。

照理说该从大女儿张罗起吧，可大妈哪儿顾得上那些啊。只要对方看得上，随便哪个女儿都行，还把女儿的生辰八字、学历都报了一遍，说什么大女儿擅长裁缝啦，二女儿擅长打算盘啦……简直是强买强卖嘛！

末了他们还说，把对方小伙子的名字告诉我们也成啊，我们亲自上门拜访，好好商量商量。约在哪儿见面比较好啊？他们家什么时候有时间啊？云云。把我吓出一身冷汗啊！我总不能说，不好意思哦，其实我是上田署的刑警，是来查案的……我只能随便扯两句，说过两天我再来打扰，赶紧溜之大吉。这可真是……吓死我了……

最近我可不敢再去丸子町了。万一碰上那大妈可怎么得了……

泷井搜查主任的笔记

1. 明信片上的油污是机械油。用刀刮下的文字无法识别。

2. 没有在本署档案中找到与墨水指纹相吻合的档案。

3. 木曾刑警带回的打火机、钢笔上留下的阵场医师夫妇的指纹，跟明信片上的指纹不一致。

4. 山野刑警带回的火柴盒上的指纹（江津子之母）亦不符。

5. 现场采集的二十余种潜在指纹跟明信片上的指纹不吻合。

6. 已派鉴识课员前往县警本部对照指纹。明日当有结果。

7. 有关明信片一事，应倾向于木曾刑警的意见。眼下最大的嫌疑人仍是江津子，不能放弃。

8. 动机？

9. 凶器？

10. 调查显示，案发时那条小路处于密室状态，除小路居民外没有他人出入的迹象。（继续了解情况）

11. 地方检察院下达指示，要找出戒指之外的物证。我们可没有偷懒……

12. 本部询问假钞一案的进度。之后并无新的假钞出现。极有可能是孩子的恶作剧。

当晚。

上田署值班室的电话响了。被吵醒的值班员一脸困倦地拿起听筒。不料几秒后，他的表情竟因兴奋而扭曲。

“什么？有了？”

他伸手去拿桌上的便条纸，那手不住地颤抖。

他吞了口唾沫，调整呼吸后说道：“好了，请说！”

电话是派去本部的鉴识课员打来的——终于找到了指纹的主人。值班员在便条纸上写下潦草的字迹。

调查结果显示，明信片上的指纹是筂部用吉的。他有过两次前科（犯案时三十五岁）。

此人生于长野市北堀，从事摄影工作，包括给游客拍纪念照，等等。昭和二十六年，因猥亵罪服刑六个月。昭和二十九年，因强奸未遂服刑一年零三个月。服刑地点都是长野监狱。

现在住在妻子的老家北佐久郡望月町，经营一家照相馆。但本部的记录中并无法看出此人与木崎江津子和须贺俊二的关系……

第七章　来信（II）

来，打开这扇窗户
天上是不是有七色的彩虹
可是啊
一到晚上
彩虹就消失不见了
太阳太坏了
把彩虹弄坏了
没有了彩虹桥
月姬就不能到你身边来了
好可怜的月姬
我们给你搭一座晚上的彩虹桥吧

这天早晨，木曾俊作上了巴士。

一大早他刚到警局，主任便强忍着兴奋，爆出了本案的最新登场人物——笹部用吉。

“目前还不知道这人跟案件有什么关系。他就这么突然出现了……他究竟有没有目击到案发过程？还是说他就是凶手？只能找到他本人，从他口中问出真相了。不过……”主任一脸愁容地说道，“我们已逮捕了木崎江津子，这绝非轻率之举。她的作案嫌疑还是很大。木曾，麻烦你去趟望月町，其他人继续调查江津子，了解情况……”

主任究竟是怎么想的，木曾一清二楚。主任也对明信片持怀疑态度，但指纹是无法撼动的铁证，这令主任困惑不已。

（笹部用吉……他究竟是何方神圣？）

木曾在摇摇晃晃的车厢中闭目思考。

笹部有两次前科。

第一次是猥亵罪——公车上的咸猪手东窗事发了。他享受了许久咸猪手带来的秘密快感，终于有一天碰上了个比较强势的女学生。当笹部将手缓缓伸进她的胸口时，她一把抓住笹部的手大喊大叫。于是笹部就被抓了个现行。闻讯，不少吃过哑巴亏的女孩都出面做证了。六个月的刑期，是“女体鉴赏”的高额代价。

第二次则是强奸未遂。受害者是个下班途中的女文员。刑期一年零三个月。不难想象笹部用吉是个好色的变态。

（他会写明信片申诉江津子是‘无辜’的吗？他有那么正义的市民观吗？莫非他对警方怀恨在心，想搞个恶作剧？）

不少刑警认为寄信人就是凶手。那笹部和俊二究竟有什么关系？

“他们会不会是狱友？”

一名刑警说道。众人立刻查了查记录,发现事实并非如此。笹部出狱一年多后，俊二才进了班房。

巴士行驶的道路上有不少石子，车体剧烈摇晃，不时打断木曾的冥想。巴士窗户上贴着写有“空调车”字样的字条。的确是空调，只不过开着的是“冷气”而已。冰凉的空气毫不留情地吹进车里。莫非因为这一带的公交线路是一家独大，服务质量才会如此糟糕？乘客们一言不发，死死抓着前方座位上的扶手，免得被车子颠飞。售票员报站的声音也是冷冰冰的，仿佛冷冰冰是她的特权一般。

一点二十分，木曾总算结束了与颠簸的斗争。

“终点站，望月营业所。感谢您乘坐某某线……”

伴随着售票员过分礼貌的用词，木曾终于来到了笹部用吉所在的小镇。

他打听了警察署的位置，便点了根烟，顺着狭窄的商店街走了起来。

“嗬，他又犯什么事儿了？”望月署的搜查主任喝着热茶接待木曾，“最近他的‘毛病’好多了啊……不过听说他欠了不少钱——”

“您别误会，我们也不确定他和案子到底有没有关系。”

木曾解释起了来意。搜查主任边听边点头，明显对案子有了兴趣：

“那笹部也有嫌疑吧？”

“这也不一定，但明信片上的确有他的指纹。但我们查不出他和被害者有什么关系，也不知道他和木崎江津子有什么联系。我们觉得寄信人肯定不会是个偶然路过的目击证人。那人肯定知道什么内情。”

“那您打算怎么办？要我把他叫来吗？”

主任问道，可木曾拒绝了他的好意。因为他不光想找笹部谈谈，还想找笹部的妻子了解了解情况。

他拿着主任画的简略地图，找到了笹部照相馆。

主任画图时曾笑道：“他老婆是本地人，住的地方也是用他老婆娘家的杂物间改的。那摄影馆挺大，肯定不会错过的。”

原来如此——来到摄影馆前，木曾不禁苦笑。歪歪扭扭的玻璃窗上用红色油漆写着“笹部摄影馆”几个字，眼看着油漆就快掉光了。

木曾在门口喊了一声，只见个脸色极差的女人走了出来。她三十上下，两颊消瘦，嘴唇倒是特别厚。望月署主任告诉他，笹部的妻子叫驹江。

“您好，请问笹部先生在吗？……”

“不在。”

女子冷淡地回答。

“那他什么时候回来啊？”

“不知道……他去中学了。”

“中学？”

“中学老师让他冲胶卷来着，他去送冲好的照片了。”

“那……”

木曾一屁股坐在门口，一副不见到人就不走的模样。女子顿时露出警戒的神色。

“您是哪位啊？”

“我有事找他。”

“如果是钱的事，还请您等我家那口子回来再说吧。估计说了也没用……”

木曾苦笑道：

“不，我不是来讨债的。我是上田警察署的。”

听到这儿，女子的表情顿时僵硬起来。

“他又犯什么事儿了？”

木曾再次苦笑。方才望月署的搜查主任也说了同样的话。看来这人还真是一点儿信誉都没有。

“请问——上个月二十七日，笹部先生有没有去过上田？”

“没有。”

女子当即回答。

“可我们这儿有人说他见到笹部先生了。”

木曾下了个套。女子摇摇头说：

“肯定是他认错人了吧。我家那口子不可能去上田。他二十七日跟街坊邻居旅游去了……”

“旅游？去的哪儿？”

木曾翻开笔记本。

“伊豆半岛。”

“嗬，好奢侈啊。”

“是这样的，我们小镇的商业会每年都会组织一趟旅游，我们也是商业会的，可出不起那份钱，要四千块呢！我们就给推了，说今年不去。会长是个好人啊，他说反正要拍照的，就请摄影师跟我们一起去吧，他的那份钱由商业会出。所以他就免费去旅游了一趟。”

“哦……”木曾很是失望，因为眼前的女子绝不会扯那种容易被拆穿的谎言，“那他是什么时候出发的？”

“二十七日早上五点。他们包了辆大巴，从小镇的车站开到小诸站，然后换电车。”

“那您知道他们住哪儿吗？”

“二十七日住的下田，二十八日住热海，昨天傍晚从小诸站坐大巴回来的。”

木曾茫然地听完。

女子将商业会长家的地址给了木曾。

见面之后，会长证实了女子对他的描述。会长姓安田，个子很矮，眼镜后有双热情和蔼的眼睛。

只见他眨着眼睛笑道："嗯，没错，是我们商业会出钱请笹部先生去的。他给我们拍了不少照，真想早些看到照片呢。二十七日一早到昨天傍晚，他一直跟我们在一块儿。上田跟下田离得可远啦……"

案发当晚，笹部用吉身在下田港。明信片是第二天正午到六点之间寄出的。那会儿他正在热海酒店里听着涛声阵阵呢。

他不可能目击到行凶的瞬间，也不可能寄出那张明信片，更不可能是凶手。问题是明信片上的确留有他的指纹。

身在下田的男子——木曾茫然抬起眼来，望着古老港口小镇的风景。

总之先见见笹部用吉吧。他问了问去中学的走法，便谢过商业会长，告辞了。

中学建在一个小山丘上。门柱上写着"望月町立·北牧中学"字样。站在校门口放眼望去，正面地势较低的地方尽是农田。视野很是开阔，远处则是浅间与黑斑群山起起伏伏。喷烟与浅阳下的天空融为一体。木曾忽然想起了一首酒席上常被哼唱的歌曲……

南蓼科，北浅间

中间的望月，良驹之乡

莫非这儿是名马的产地？木曾想起方才望月署主任给了他一沓明信片和一本“望月町导览图”。

“难得您来一趟，就拿着吧。”

明信片上的图是当地画家所画，一旁还配有简略说明。

“望月的地名与宝马颇有渊源。一千余年前，信浓十六牧之首，全国第一的良驹产地‘望月之牧’便是镇名的由来。”

“平安时期，望月之牧出产的良驹被选为进贡京城的宝马。当天恰好是八月十五中秋节，便取名为望月。新古今集中还收录了藤原定家的和歌——‘嵯峨山千代古道，望月名驹寻道来。’”

木曾翻开导览，发现里头有不少关于望月町的文章。忽然，一段摘自尾崎喜八《高原历日》的文字吸引住了他的眼球。

“行一里余便是那望月。一日，我想看看一望无尽的风景，便爬上了小山丘。荞麦花盛开，柿子越发沉甸甸，信州的夏日即将结束，山丘上成了清风与阳光的舞台。北侧是画卷般绝美的御牧原丘陵，顶着喷烟的浅见山仿佛戴着乌纱帽一般，远山形成锯齿状，绵延不绝。南侧则是蓼科火山群，那缓缓的山脚，那美丽的圆顶与山涧尽收眼底，直至远处的八岳……”

木曾抬起眼，眺望远处的光景。为了追查一起杀人案，他竟独自置身于如此壮美的自然景观中。

木曾这样一想，不禁感慨万千。

远处传来钢琴的琴声，让他联想到现实生活中的犯罪。美玲音乐教室，死在那儿的男子——木曾摇了摇头，朝校舍走去，刚好一位小个子的女教师顺着走廊而来。

木曾开口说道："不好意思……"

"请问有什么事吗？"

"摄影师笹部先生在吗？"

"啊，在，在办公室呢，请跟我来。"

女教师用高亢的声音回答。木曾犹豫了一会儿，还是没有进去。

"我就不进去了，能不能麻烦您叫他出来一趟？"

"那……请您稍等片刻。"

女教师走了。木曾呆呆地环视四周。正面有块大匾额，写着三个草体大字——

思无邪

"思无邪啊……"

木曾念道。上初中时在语文课上学过。兴许这座学校的校长在训话的时候也会不时引用这句话。他想象着秃头老校长的模样，心情平和了不少。

"是你找我？"高高瘦瘦的男子走出来，停在木曾面前，"你是谁啊？"

“是笹部先生吧？您的事儿办完了吗？”

“哦，办完了啊……”

“那我陪您慢慢走回去，边走边说吧……这就走吧。”

“你到底是谁啊？……”

木曾默默地亮出黑色的警察手册。

男子的表情顿时僵住，很是不悦地从鞋箱里拿出拖鞋。

“警官老爷，我可没犯事儿啊。”

两人并肩走出校门后,笹部开口便是这话。从“警官老爷”这称谓，就能猜出这人的过去绝不简单。

木曾走得很慢。

“我也没说你犯事了啊。”

“你总不会是找我拍照的吧。”

“有些事想问你。”

“什么事啊？”

“你跟木崎江津子是什么关系？”

“木崎？我压根就不认识她。”

“别这么说嘛，对方跟你可熟了。”

“您饶了我吧，我没见过她，也没听说过这个名字。”

“她是新参町的钢琴老师。”

“不好意思，我是音痴，况且我都不知道新参町在哪儿。”

“上田市新参町。”

“我跑那儿去干吗啊。我只走大路，不去那种犄角旮旯的地方。”

木曾点了根烟，也递给笹部一根。

“你跟须贺俊二是在哪儿认识的？”

“警官老爷，”笹部吞云吐雾，“您这么问也太那啥了吧。我压根就不认识什么须贺俊二。我到底犯了什么罪啊？”

“我还想问你呢。”

“哼，”笹部吼道，“您找错了人，白跑一趟了。我不知道那一男一女到底干了什么，反正我跟他们没有任何关系。”

“你常去阵场医院吗？”

“别看我这样，我的身体还挺好，看江湖郎中就够了。”

“喂！”木曾吼道，“你真不认识木崎江津子？”

“你让我见见她呗，只要见一面不就知道了。我说，究竟是什么案子啊？”

“杀人案。你还特地寄信到警局说你是目击证人呢。”

“开什么玩笑，我什么时候寄过信啊。”

“上个月二十七日。”

“那天啊，我跟商业会的人去伊豆半岛旅游了，正好逛到唐人阿吉的墓碑吧。那天我们住在下田,旅馆名字叫‘望海庄’。您一问就知道了，可别冤枉好人啊。”

“可寄到警局的明信片上有你的指纹。”

“啊？指纹？”笹部一惊，“警官老爷，您没说笑吧？”

“指纹是用沾有墨水的手指按住明信片时留下的。上面还有油渍呢。你也知道，指纹是绝对赖不掉的。有指纹，就说明你肯定碰过那张明信片。”

“可……”笹部难以置信，“我真不认识什么木崎江津子啊，也没有寄过明信片。我平时压根就不寄明信片，除非贺年卡……活见鬼了……”

看来寄明信片的并不是眼前的男子，可木曾只得继续追问。笹部一头雾水，木曾又何尝不是呢。

“你常去上田吗？”

“有时去吧。”

“有没有帮别人买过明信片？”

“您的意思是我的指纹是这么粘上的？不好意思，我可没做过这种事。”

两人走到笹部照相馆门口。男子谄媚地说道：

“难得您来一趟，不如进屋喝杯茶吧……”

“不，我就先告辞了。也许过两天会让你来局里配合调查，到时候拜托了。”

“哦，要是警局让我去我当然会去啦。可我真没寄过明信片，也没杀过人啊。”

木曾再次品味失望的苦果。从笹部的口气推测，他的确不认识江津子与俊二。

那明信片究竟是谁寄的？

上头为什么会有笹部用吉的指纹？

回程的巴士上，木曾回忆起高高瘦瘦的笹部。不知不觉中，他竟穿上了滑雪衫，戴上了眼镜，朝木曾笑了笑。木曾闭上了双眼……

巴士的颠簸不断扰乱木曾的思路。木曾强忍着大喊一声的冲动……

“果然没戏啊……”

听完木曾的汇报，主任失落不已地说道。其他刑警们也站在周围。

“我就搞不懂了……笹部用吉也不像在说谎……”

“那明信片上的指纹究竟是怎么回事啊？”

山野刑警突然说道：“主任，听木曾警官这么一说，我突然有了个想法。笹部的指纹会不会被寄信人利用了？”

“怎么个利用法？”

“笹部不是跟木曾警官说了吗，除了贺年卡他从来不碰明信片。问题就出在贺年卡上。说不定某个人机缘巧合拿到了留有笹部指纹的贺年卡，他就用剃刀把原本的字刮掉了，再用铅笔写上那几句话。也就是说寄信人利用了留有指纹的旧贺年卡，这么一来，指纹之谜不就解开了吗？而且还能解释他为什么要把墨水写的字刮掉！”

主任微微一笑：

“阿山，真有你的！其实鉴识课员跟你想到一块儿去了。可旧贺年卡上肯定会有邮戳啊，但这张明信片上并没有。再怎么擦，总会留下痕迹的。”

山野刑警灰心丧气地低下头来。屋里响起一阵轻轻的笑声。但主任一板一眼地继续说道：

“鉴识课还挺机灵的，问本部要了笹部的照片，突然摆在江津子面前，试探了她一下。”

“呵……”

刑警们并不知道这事，将视线齐刷刷地投向主任的脸。

“可江津子一点儿反应都没有。负责审问的人跟她说，这人声称你是无辜的，跑到警署来了，你想不想见他一面？结果她一脸疑惑地回答，‘他是谁啊？为什么要为我费神呢？’那表情绝不是装出来的。看来江津子和笹部的确没有特殊关系。事已至此，我们也只能这么想了……”

说着，主任皱着眉头，抽起了烟。

看似单纯的案件，居然在调查过程中连连碰壁，而木崎江津子正是被这些墙壁保护了起来。突破口究竟在哪儿？

迷宫中，木曾彷徨无措。

第八章　面　影

架起一座桥梁

七色的彩虹桥

夜晚的彩虹

赤橙黄绿青蓝紫

直通月亮之国的天空之桥

终于架好了

傍晚，木曾来到六文钱书房。

店里有五六个学生模样的客人。仔细一看，书架上大多是应考的参考书。这是上门女婿修作的新经营方针。

看店的芳江见来人是木曾，默默地点了点头。

“令堂呢？”

“在里头……”

“我有些事情想问问她，能否进屋说话？”

“请进。”

木曾走进账台后的里间。屋里有线香的味道。缝借着电灯的灯光，出神地看着相册。

“打扰了。”

木曾尴尬地跪坐在地。缝赶忙拿出坐垫来。

“给您添麻烦了……我实在没想到那孩子居然一而再再而三地给大家添麻烦……”

缝不禁哽咽。

“是这样的，”木曾开口问道，“我想跟您打听个叫笹部用吉的男人……”

“笹部先生？”

“您听说过这人吗？也许是您儿子的熟人。三十五六岁，高高瘦瘦的……是个摄影师。”

“这——我好像没听过啊……”

“他是长野人，现在在北佐久郡望月町开一家照相馆。”

“我可真没听过啊，”缝对店里的女儿喊道，“芳江，过来。”

女儿走进屋里。木曾的问题让她思索了许久，可最后她还是摇了摇头。末了还难为情地补充道：

“而且我哥就没拍过照片……他连照相机该怎么用都不知道……”

“是这样啊……我还以为你们二位认识他呢……”

木曾的希望又落了空。笹部果然没说谎。木曾的视线无意中落在草席上。地上放着本摊开的相册。突然，木曾的眼神冻住了——

那是张六寸的照片。照片上是个五六岁大的孩子，穿着白衬衫与短裤，骑着三轮车。背景是商店街的招牌。无论是构图还是拍摄手法都很外行。但吸引住木曾的，是照片上的那张笑脸。

脸！困扰着我的就是这张脸！

“这些照片都是您儿子的吗？”

木曾强忍着激动问道。

“是啊，我想在头七前挑一张放大来着……不知道该挑哪一张……毕竟他最近都没有拍过照……”

“这个骑三轮车的孩子是您的儿子？”

“是啊，是他五岁那年拍的……当年他多可爱，多淘气啊……”

“能不能……能不能把这张照片借我用一下？”

“我这儿有他长大后的照片……”

“不不，我就要这张！用完我一定会还的……”

木曾激动得语调都变高了。新发现令他兴奋不已。

木曾三步并作两步地赶回警署。

照片！照片上的脸！

五岁的俊二跟江津子的女儿加代子简直是一个模子里刻出来的！

五岁的男孩。六岁的女孩。两张极为相似的脸，究竟意味着什么？木曾十分肯定，须贺俊二才是加代子的父亲！

第一次见到加代子的时候，我就觉得她似曾相识……可我就是想不起来……究竟在哪儿见过她？越是想不起来，我就越焦躁。

也难怪啊，我的确没见过加代子，无论是真人还是照片，都没见过。我只是从加代子的面容中看到了俊二的面影而已！这种奇妙的错觉，令我烦恼不已。

进监狱那天，俊二向我投以腼腆的微笑。那张脸深深印在我的眼底。

（加代子长得跟他一模一样！）

这一事实究竟能引出什么结果来？木曾走在路上，眼睛盯着前方。夕阳西下，路边的店铺亮起灯光。人潮涌动。然而木曾并未将周围放在眼里。他的脑中只有一件事——

木崎江津子——一张照片解开了她的秘密，隐藏在暗处的动机浮出水面。她丈夫八成不知道妻子与俊二的关系，一心为女儿的诞生而欣喜。两个月后，他在妙义山不幸身亡。葬礼上，江津子死死抓着丈夫的遗体，号啕大哭。人们以为她是太伤心了。然而江津子另有他意。号啕大哭，是背叛死者的告白，好似祈祷，又好似忏悔。

（她想让精一郎原谅她，所以才会哭得那么伤心吧……）

木曾如此寻思。丈夫一死，江津子的心境就变了。她心中充满了负罪感。丈夫在世时，她并没有“罪孽”的意识。即便有，也不会很强烈。而丈夫的死反而加重了这种感情。精一郎死后才真正留在了妻子的心里。

（江津子一直躲着俊二……）

然而，女性心理的变化已然超过了俊二能理解的范畴。他见江津子成了寡妇，便死缠烂打，而江津子的拒绝让他越发渴望。

事态一发不可收拾。俊二与妻子分居，终日借酒消愁，以平息欲求不满的愤怒。伤人案便是在这种情况下爆发的。

俊二坐牢，定是让江津子松了口气。她成了贞淑的寡妇，加代子也平安长大了。这位全日本最好的媳妇，让公公心满意足，而周围人也对这个作风端正的小家赞不绝口。

平静的生活能持续多久？江津子想道，五年后俊二就要出狱了。这个男人在她心中投下黑色的阴影。江津子不禁诅咒俊二的存在。

一天，她收到一张明信片。是俊二寄来的。上面写道，俊二马上就要假释出狱了。他要出来了。他会道出加代子的身世，还会逼江津子嫁给他——

她听到了迫近的脚步声，继而看到了那人的面影。须贺俊二！但是，她看着的并非俊二本人，而是俊二的“尸体”！

这就是行凶动机！木曾对这一推理很满意。如此一来，一切都能解释了,包括俊二进监狱那天说的那句意味深长的话。

俊二的眼中满是希望，思绪早就飞到了五年后。恐怕案发当晚他跟江津子见过面。无可奈何之下，江津子答应五年后嫁给他，劝他快去自首。其间为保守秘密，两人约好绝不通信。俊二对江津子深信不疑……

木曾走得浑身是汗。想象一个接一个，头脑飞速运转。得赶紧将这一发现汇报给主任！外套的衣角时不时碰到脚边。他不禁加快脚步。大步流星。警署建筑物映入眼帘时，木曾跑了起来。

喘息中，竟有种胜利的充实感。

“嗯……”主任一言不发地听完木曾的推理，再次将视线投向桌上的照片，“这一发现的确很有意义，但……我们没办法证明啊。江津子肯定会矢口否认。光是长得像没用啊……”

主任一脸凝重。

“主任！”木曾不愿放弃，“这哪儿是‘像’啊！简直一模一样啊！我敢断定，加代子就是俊二的孩子！要是江津子否定，还可以验血做亲子鉴定啊！”

“阿俊，”主任笑道，“我们只能用血型判断某人不是这个孩子的父亲，但不能判断他就是这孩子的父亲，最多只能判断出个可能性而已。也就是说，通过验血只能证明俊二可能是加代子的父亲，但并不能排除其他人的可能性。”

“其他人？”

“比如江津子的丈夫啊。要是精一郎与俊二的血型相同，不就查不出来了吗。况且事已至此我们也没法查到精一郎的血型了啊。”

“有办法，可以从遗体查！”

“人都入土了。这一带的丧事都是这么办的。要是精一郎的死因有猫腻也就罢了,我们总不能光靠想象就去挖人坟墓吧。”

“嗯……”

这回轮到木曾沉默了。他还是难以放弃。

“阿俊，”主任安慰道，“这张照片一定会派上用场的。江津子还在硬撑，但人的意志是有极限的，神经一直绷着怎么受得了啊。我们可以看准她崩溃的那一刻，抛出这张照片，说不定就能彻底击溃她了……”

木曾默默点头，浑身上下唯有兴奋过后的虚脱感。那女人真会轻易崩溃吗？

“唉，”主任喃喃道，“遗憾的是到现在还找不到凶器。在那种情况下她究竟能把凶器藏到哪儿去啊。”

“事已至此……我们得考虑考虑共犯的可能性了。”

“共犯？”

“比如江津子的哥哥啊！或是阵场家的其他人……”

“不可能。案发时阵场家的人都在家里，其他刑警去确认过了。凶器是不可能由别人带离现场的。”

“哥哥和母亲赶去现场之后，我们一直有人盯着他们……看来这条线是行不通了……”

“凶手肯定制订了相当巧妙的诡计与缜密的计划。畜生，还有那明信片呢……”

“这次的案子可真棘手啊……”

“阿俊，”主任站起身来说道，“今晚开个搜查会议如何？”

“好啊。”

“会费一人两百。说不定还得延长一会儿，还是收二百五吧。”

主任报出了明确的数字。他总是这样。

“调查一碰壁，连会费都跟着长呢……”

“是啊，还得自掏腰包……”

主任撂下这句话，推开房门。

第九章　凶　器

今天是红色

明天是橙色

后天是黄色

七色的彩虹桥

花了七天总算竣工

别贪心哦

一天一种颜色

别忘了哦

再告诉你一遍

赤橙黄绿青

后面是什么颜色呀

案发后第四天。

那天早上，署长一如既往地早早来到警署。三月三日，女儿节。

小学要开学艺会。署长的小女儿四月起要上五年级了。这次要在学艺会上演灰姑娘。信州电视台还要去表演现场采访呢。

昨天晚上孩子便紧张起来了，母亲则是从早上开始兴奋的。署长上班前，在女儿节玩偶前看了看女儿的彩排，不停地鼓掌，还对母亲的演技评头论足。在忙碌的氛围中，吃了碗妻子精心准备的红豆饭以示庆祝。

阳光斜洒在警署前。灰色的外壁仿佛比平时更热。署长发现牙缝里卡着粒米饭，但推开办公室大门时，心里还是美滋滋的。他一屁股坐在大办公桌前。桌上放着一沓信件。

一瞬间，他眼中再无幸福父亲的表情。

那沓信件的第一张，便是日后被称为“二号明信片”的玩意儿。抬头用铅笔写着，“上田警察署署长 收”。表面用刀刮过，毛毛糙糙。一眼便知和上一张明信片出自一人之手。

署长小心翼翼地抽出那张明信片，犹豫片刻后才看了反面的内容。再看邮戳。三月二日正午到下午六点。和上次一样，都是从市内邮筒寄出的。

杀死须贺的是我
我不是路过撞见的
是我上次撒了谎
是我干的
我不能说我杀死那人的原因
杀人用的刀
在公园石垣中间
是真的　你们去找吧
你们抓不住我的
放弃吧　警方

署长将明信片翻来覆去看了两三遍。坐立不安地环视周围。仿佛有人在凝视他一般——充满恶意的，挑战者的视线。署长耸起肩膀，想要把视线中的压迫感挡回去。“畜生……”署长喃喃道，走出办公室。

不久，警署再次召开紧急搜查会议。

“很明显，两封明信片出自同一人之手。今后我们将这张明信片称为‘二号明信片’。其特征是没有指纹，以及寄信人自称凶手，还有他明确报出了凶器的所在地，向我们警方发起挑衅，”署长将两封明信片展示在刑警们面前，“一号明信片上有笹部用吉的指纹，木曾刑警对此人进行了调查。结果大家也知道了。案发当天他离开了长野，三天后才回来。他不是凶手，也不是目击证人，更不可能寄出明信片。而且笹部与涉案人员没有任何关联。指纹之谜仍未解开。”

署长一脸愁容地望着在座的署员。谁都没有开口说话。他们本以为明信片是个突破口，不料竟毫无线索，只是让调查越发混乱而已。兴许这就是寄信人的用意所在。

木曾抬起眼，看着署长。

“眼下最要紧的问题是如何看待这二号明信片。我想听听大家的意见。”

“我认为，”年轻的山野刑警最先发话，“最好照字面意思理解，先去公园找找看。就当是上当好了。坐在屋里讨论也讨论不出个结果来……”

刑警们大多赞成他的意见。金子刑警探出身子：

“我觉得这人就是真凶，说不定明信片里说的都是真话。”

催促署长赶紧派人去找凶器。

“那就试试看吧？”

署长盯着泷井主任的脸。

“是啊，说不定能找到——”

主任的口气中带着犹豫。他并非不赞成大家的意见。只是调查人员一旦在公园里发现凶器，江津子就不可能是凶手了。这便意味着警方抓错了人。市民们定会抨击警方的无能。江津子的公公曾是市议会议员，舆论的抨击绝不会手下留情。再者，这充满敌意的寄信人究竟有没有说实话还是个未知数……

“要不先去碰碰运气吧，”署长将视线从主任脸上移开，“兴许那寄信人会躲在一旁笑着看我们白忙活……”

“看就看呗，今天天气多好啊，在公园散散步也不错。”

主任苦笑着站起身。当务之急是确认一下寄信人所说是真是假。他不禁为自己的犹豫而羞愧。

“我们这就出发。”

刑警们齐刷刷地站起身。木曾一脸沉闷地走出办公室。会议中，他始终保持沉默，可心中执著地重复着同一句话：

（那女人就是凶手！绝不能被迷惑！那明信片有猫腻！我们被操纵了！是那女人在背后牵线！就是她！可……明信片究竟是谁寄的啊……他为什么要道出凶器的所在地？这里头也有猫腻——）

公园位于市区西侧。这里是旧上田城的本丸遗址，与其说是公园，不如说“城址”更贴切。南、北、西侧各有一座箭楼，是当年的城池留下的印记。

天正十二年，真田昌幸来此筑城，日后被松平氏占据。上田市位于千曲川北岸，坐落于台地之上，很是开阔。城池背靠太郎山，占尽地理优势。

十余名署员冲入公园。公园里种着不少樱花树。硬硬的花蕾吸收着早春的阳光。站在公园，还能眺望到千曲川的景色。

河边炎阳灿灿。千曲川仿佛一道白带，水面流光溢彩。刑警们纷纷驻足欣赏那心旷神怡的风景。

“这……该从哪儿找起呢……”

主任环视四周。明信片里说凶器在“公园石垣中间”，可这儿本是城池遗址，面积足有一万八千坪，石垣随处可见。三座箭楼自不用说，南侧的断崖、护城河的遗址附近也有用沙石筑成的石垣。不少人携家带口来公园散步，孩子们到处乱跑，这也成了搜查工作的一大阻碍。众目睽睽之下找东西，那东西还不一定会有——真令人气馁。

“那人说的石垣……应该是箭楼的石垣吧。大家分成三组，从箭楼找起如何？”

大家采纳了山野刑警的意见。也只能这么办了。刑警们分散到三座箭楼周围。

“是什么时候来着，”金子警官边走边说，“出过个用榔头犯的案子。凶手说，他逃跑的时候把凶器顺手扔到河里去了。那时天可冷了，可大家还是得跳进河里去找啊。水没到膝盖，手一伸进水里,胸口都会湿透。河岸边还有人烤着火看好戏呢，差点儿没气死我。冻得我四肢冰凉，连知觉都没了。整个人都麻了。找着找着，一个刑警大喊一声，找到了！只见那人双手捧着那生锈了的锤子,冻得发紫的嘴唇直发抖。不光是冷，他分明在哭……”

木曾咬紧牙关，听金子警官回忆往昔。

木崎江津子与年轻的检察官分坐在检察官办公室的大办公桌两边。桌上摆着名牌，写着“矢越检察官”字样。她早已熟悉这个名字。

来到这个房间接受审问时，她的眼中便只有名牌上的文字。她偶尔会抬起头来，但目光绝不会放在检察官身上。她并不是无视对方，这态度也并非普通嫌疑人有意识的抵触心理。两人同在一间房里,但总是各顾各。江津子躲在她的小房间里，透明的门将她与检察官完全隔开。

“如果你不是凶手……不，我们也希望你不是凶手。我们不释放你，并不是为了面子。只是你的行动与态度有太多疑点了。希望你能解释清楚。”

“……”

“比如戒指。你说上面的血是你抱起被害者时沾到的。你的手指上的确有血，但戒指也有被清洗过的痕迹。也就是说你曾清洗过沾满鲜血的手。你总不会光洗了个戒指吧……”

“……”

“这也太匪夷所思了吧。这就意味着你先洗了一次手，然后又碰到了被害者的血。你为什么要这么做？”

“……”

“喂！你在听吗！”

“在。”

“那就请你解释解释吧。”

“大概是我抱起俊二的时候，戒指上碰到了血吧。”

“我们只想知道真相而已，”检察官的口气中带着绝望，“别用这种骗小孩的借口糊弄我们了，就不能好好回答吗。如果你坚称你是无辜的，那就更应该配合我们调查啊。你说你不是凶手，好，我相信你，可你一定知道内情，而且还有所隐瞒——”

“我知道什么内情？”

“就是……”

检察官说到一半，突然停住了。如此无益的对话已重复过多次。再问也是徒劳。江津子闭口不言，待在她的小房间里，用一扇看不见的门挡住外人。仅此而已。

检察官叹了口气。

电话铃响了。听筒那头传来署长粗壮的嗓音。

“找到凶器了！”

“什么？！找着了？！”检察官强忍着激动，“在哪儿？是真的吧？没错吧？”

“在西箭楼的石垣找到的。那刀被胡乱塞在石垣中段。详细情况鉴识课会通知您的。”

“哦，好，辛苦了！”

检察官放下听筒，瞥了江津子一眼，欲言又止。他点了根烟。烟雾顺着窗户飘到屋外。

检察官办公室的两人又开始各顾各了。从没见过如此自说自话的会谈。云层挡住了太阳，让屋里变得昏暗。检察官透过玻璃窗，呆呆地望着阴沉的天空。

凶器是川路警官找到的。

南北两座箭楼在公园入口相对而立。一直往前走，就能在正面看见另一座箭楼，那就是西侧的箭楼，现在成了市营博物馆，展出真田、仙石与松平各藩的遗物与风俗资料。

前往西箭楼搜寻的除了川路，还有主任和另一名中年刑警。箭楼一侧面朝高耸绝壁。那边有一段高三米的石垣。建筑物就搭在石垣上面。站在这儿能将上田市西方与南方的一部分尽收眼底。

三人来到箭楼前。

“以前的大名可真有本事啊……”

主任仰望箭楼石垣说道，带着鉴赏者的神色。用于建造石垣的石块非常大，俗称“真田石”。那是筑城时真田昌幸亲自指挥手下切割、运送的。

“人家又有钱，又有权，”川路警官伸手抚摸着巨石表面，“咦？这是什么？”

他看见石垣缝隙中有个用白纸包着的玩意儿。他顺手将它抽出……

“主任！”

触感暗示着纸包中的内容。打开一看，果然是一把折叠刀。他将小刀递给主任，感慨万千。

“那明信片说的是真的啊……”

这一重大发现的偶然性太大了，显得极不现实。

主任一脸阴郁地笑了。

这就是让警员们一筹莫展的凶器？我们不会被耍了吧？

折叠刀的把手镀成金色，印有扑克牌上的国王与王后图案的浮雕。固定刀刃的地方刻着生产商的名字——“菊富”。

“总之先通知其他人吧。有了凶器，之后的事情就好办了。我立刻去查小刀的出处！”另一名刑警干劲十足地冲了出去，“我这就把刀送去鉴识课。”

川路警官看了看主任。主任只吐出一句话来：

“难以置信……”

不久，主任将鉴识课发来的结果传达给各位刑警。

“几乎可以肯定那把刀就是凶器，”说着，他将小刀放在桌上，“首先，那张包装纸是普通的白纸，上面沾着变硬的饭粒，应该是公园游客随手丢掉的用来包饭团的纸，估计查不出什么线索来。接下来是小刀，鉴识课发来的报告如下。”

主任翻开小笔记本，条理清晰地说道。

1. 刀刃宽一点五厘米，刀长十二厘米。与被害者的伤口大小及深度基本吻合。尤其是留在衬衫上的痕迹与刀刃宽度完全吻合。

2. 衬衫上留下的接口痕迹也与小刀吻合。

3. 小刀表面并未发现血痕，但刀鞘中有。血型为 AB 型，与被害者一致。

4. 刀鞘中还发现了微量脂肪酸，说明有人曾用肥皂水洗过这把刀。

5. 刀上并未发现指纹。

“综上所述，这把刀就是凶器。照理说凶器会是调查工作的有力武器，可是……”主任摸着圆润的下巴说道，“这凶器并不是由我们发现的，是那个自称凶手的人告诉我们的。这让我很是不爽。凶手为什么要帮警方的忙？他也太好心了吧？普通凶手怎么会有这种闲情逸致。凶器让我们离凶手更近还是更远？我们一无所知——”

木曾捧着粗壮的胳膊，仔细听主任说话。他理解主任的苦恼。这凶器一扫木崎江津子的嫌疑。案发现场到公园足有一公里，她不可能跑到公园藏好凶器再回家，更不可能寄明信片。她当时被拘留了，身在警局。所有事实都在为江津子的无辜做证。她已不在警方的搜查范围之内。警方败下阵来……

“至于今后的方针——”主任肃容道，“小刀上刻着‘菊富’二字，估计是制造商的名字。请大家去市内的五金店和百货商店查一查，看看那是什么时候卖出去的商品。署长去检察院汇报鉴识结果了，还得商量一下今后怎么处置江津子……”

“要放了她？”

山野刑警问道。主任硬挤出一个微笑，说道：

“是啊……反正检察院肯定不会起诉的。我们没有决定性证据，倒是有许多证据证明她无罪。”

刑警们苦笑着站起身。几天的努力，被一把小刀化为乌有。而且他们还得为了这把小刀的出处四处奔走。

木曾正要出门，主任突然拍了拍他的肩膀：

“阿俊，咱们好好开个搜查会议吧。”

“今晚？”

“是啊。署长一回来就要开真的搜查会议了。我们的嘛……等那个结束之后再开。”

“第二摊？”

“没错。”

“反正我先出去一趟。”

“嗯，去吧，这事儿可不好查。全市有六万八千个人。究竟是谁买了那把刀？天知道那刀是不是在市内买的。也不一定就是本市人买的……”

“电视剧里的刑警搜集证据怎么就那么容易呢……”

“能不容易吗，一集电视剧就三十分钟，可我总觉得……这个凶手不会轻易露出马脚。”

主任干巴巴地笑了笑。一语中的——当刑警们疲惫不堪地回到局里，道出令人失望的消息时，主任的预言变为现实。

“小刀是‘菊富工业’的产品，那是家名古屋市的公司。去年春天，那家公司因经营不振倒闭了。在那之前，公司的产品通过倒卖商流到了露天小贩和行商人手里。去年我们市内一有庙会，就有人摆摊卖那种刀，五十块一把。根本查不到谁买过……”

主任听完汇报，头疼不已。刑警们愁眉不展地抽着烟。

八点多，署长回来了。吃完迟来的晚饭，警员们来到会议室。果不其然，木崎江津子免予起诉。灯光下，署长脸上布满阴霾。

“案件进入了一个全新的阶段。说讽刺点吧，凶器反而让调查变得更困难了。但我们必须直面这一事实。我们的推论有错，必须从头来过，重新站在案发现场，用毫无思维定式的、新鲜的双眼审视这场案件。”

署长说完，环视在场的所有人。他的声音毫无生气。他本想催部下奋起，可他自己也在咀嚼无谓努力的残渣。

会议持续到深夜。开到半当中，主任闭上一只眼，对木曾使了个眼色——第二摊没戏了。木曾点点头。

会议中没有响起一次笑声。快十一点时，众人捧着胳膊，闭上双眼。代替江津子的凶手X究竟身在何处？X有共犯吗？警官们报出所有涉案人员的名字，讨论他们犯案的可能性，又将他们一一排除。案发当晚，所有人都有明确的不在场证明。

木曾紧闭的双目中，有一堵高耸的岩壁。那岩壁的重压，让木曾的内心阴暗无光。岩壁后究竟是谁？

他认定，岩壁后的正是江津子。无论是逻辑还是事实，都否定了她的罪行。唯有本能般的怀疑，支撑着木曾的信念。在对立的矛盾中，他在心中呼喊——

（江津子才是真凶！最初的推论绝对没有错！我一定要抓到她的狐狸尾巴！）

会议在阴沉的氛围中宣告结束。已然十二点多了。

走出会议室时，有人说道：

“话说今天是女儿节呢。”

“什么今天啊，是昨天。”

另一人回答。大家笑了笑。四个多小时的会议过后，警局终于响起了笑声。

署长忽然想起，他错过了今天的新闻节目，没能看到小女儿的表演。他看了看其他有女儿的刑警们，最后一个离开警署。

那天早晨，检察院正式决定不起诉木崎江津子。四天的拘留生活落下帷幕。地方检察院的年轻检察官亲口将此事告知江津子。

江津子几乎没有说话。她只是向检察官深鞠一躬，离席而去。一瞬间，两人四目相对。江津子立刻错开视线。检察官仿佛被试探了一般，心中很是不快。

江津子走后，检察官仍站在原地，凝视着眼前的椅子，陷入沉思。江津子不在了。但她留下的黑色疑惑仍在椅子上空盘旋。

检察官继续着这场孤独的“对谈”。

第十章　月　姬

你知道什么是秘密吗
秘密啊
就是不能让别人知道的事情
就是不能被别人看到的事情
月姬到你家来
也是个秘密哦
不能让太阳知道
也不能让星星发现
你能保守秘密吗

木曾趴在被褥里,点了根烟。雨点打在白铁挡雨板上作响。是春雨吧。把下巴搁在枕头上，听着雨声。好不催眠的声音。灭了烟，再次钻进被窝。时而蜷起身子，时而立起一只脚。用尽可能懒惰的姿势，品味被褥的温暖。

木曾俊作好不容易休一天假。

刑警这行当没有准点下班这回事。不，兴许仔细一查就会发现，在刑警的规章制度里肯定有下班时间这一条。但谁都不会去查。大家都清楚，查了也是白查——因为犯罪分子不会朝九晚五。

周日或节假日，是扒手小偷最活跃的时候。刑警们自然会忙得不可开交。木曾那懒惰的姿势，正体现出休假对他们来说是何等宝贵。他乞求这一天的每分每秒，都是自由而放纵的。

枕边放着早报，但他并不想看。昨天的晚报已登出木崎江津子无罪释放的消息。报上不仅要写出事实,还要娱乐读者。两张明信片与凶器的发现，为记者们提供了绝佳的素材。

“谜样来信——凶手是我”

"放弃吧　警方——狂妄凶手的嘲笑"

颇有起哄意味的标题。

"公园石垣发现染血凶刀！"

记者的笔没有放过被凶手清洗干净的凶刀。木曾可不想在休息日的早晨看那些令人郁闷的铅字。唯有静静的雨声与温暖的被窝能抚慰他的心灵。

隔壁房间里，杉子在给女儿读图画书。久美子不时问着问题。母亲兴致盎然地回答。木曾隐约听见……

"正夫去月国了吗？"

"去啦，你看，这就是月国的城堡呀。"

"啊，小兔子在弹钢琴！月姬会开音乐会吗？"

"这是城堡里的月姬给他开的欢迎派对。"

"什么是派对啊？"

"就是城堡的公主啊，为了欢迎正夫，招待他吃好吃的，还表演跳舞给他看。"

"正夫也在跳舞呢。"

"是啊，大家都很开心，唱歌跳舞。"

"我也想去，正夫为什么能去月国啊？"

"因为正夫没有爸爸妈妈，很可怜的，但他是个乖孩子，做了很多好事，让月姬很感动，所以啊，月姬才把正夫叫了过去，问他要不要当月国的王子呀。"

"要是我也没有爸爸妈妈就好了……"

"久美子，别胡说——"

木曾在被褥中苦笑。孩子那稚嫩的梦想，无意中伤到了父母的存在。

忽然，木曾想起了江津子的女儿。话说那孩子曾说过，她跟月姬是好朋友。母亲好不容易回了家，母女俩定是围坐在桌边，吃着早饭，聊着家常吧。

话说回来……木曾享受着懒惰的空想。少年时代，他也有过久美子那般想象——自己也许不是父母亲生的。

他是被坏人拐来的，被这对贫穷的夫妇养大。但他的亲生父亲住在宏伟华丽的宫殿里。母亲则是有一大群侍女伺候的漂亮王妃。一天，命运的巧合让他与亲生父母重逢。王宫出发的马车发出银铃的响声，开到他家门口。侍从给他戴上王子的皇冠，在腰间别上金色短剑，让他坐上马车。街坊们看着王宫送来的堆积成山的礼物，哑口无言地目送他离去。他则坐在马车里向大家挥手致意。马车驶向王宫。从小到大熟知的那栋房子越来越小。风拂过脸颊。飞驰的白马。银铃的声音。摇晃的短剑。闪耀的王冠。房子看不见了……木曾迷茫的双眼追寻着少年时代的梦想。再过几年，久美子会不会也梦想着逃离双亲的束缚呢？

母女二人的对话仍在继续。

“我也想去月国……”

“那要像正夫那么乖才行啊。”

“可月姬认不认识我啊……”

“嗯……要不要求求月姬，下次把久美子也叫上啊？”

“怎么求啊？”

“这……怎么求才好呢……”

“写信好了！妈妈，帮我写封信吧！”

“以前啊，有个小女孩跟久美子一样，给月姬写信了，可信没有送到月姬那里。听说那孩子把信放在屋顶上了呢。”

“为什么啊？”

“她盼着小鸟把信叼给月姬啊，可那天风太大了，把信给吹走了。”

“为什么不丢进邮筒啊？”

“以前哪儿来的邮筒啊。”

木曾突然掀起被褥。一瞬间的冲动，让他猛地坐起身来。

等等！你们刚才说什么来着！

木曾在床上坐起身。房间关着门，烟雾缭绕。但他下意识中又点了根烟。思维在旋转，联想喷涌而出。月姬！信！邮筒！对话的碎片在推理中凝聚。

寄明信片的会不会是江津子的女儿？！

六岁的女孩加代子正是寄信人！

为什么？他凭什么做出这天方夜谭般的推论？

我有证据！木曾心想。回到原点，冷静地看看一系列事实。一切的一切，都是木崎江津子缜密的计划！

木曾按顺序整理了他的推理。

江津子杀了俊二。

她料想到会被警方逮捕……不，她故意做出了那些可疑举动，让警方逮捕了她。不自然的案发现场，也是她故意留给警方识破的。

于是她被理所当然地逮捕了。她拒不承认罪行。警方没有决定性证据，自然焦躁不已。这时，第一张明信片出现在警方的面前。见警官们狼狈不堪，她定是在心中窃笑。

（这就好。那孩子做得很好。可怜的加代子，你寄的这封信，怕是到不了月亮上了。）

木曾抬起布满阴霾的双眸。视野底处描绘出一幅光景。

新参町。小路入口。街角的红色邮筒。女孩子跑了过来。手上拿着一张明信片。她踮起脚尖，把明信片塞进邮筒。小脸上洋溢着微笑。女孩兴高采烈地喃喃道：

——月姬啊月姬，这是加代子给你的信。是妈妈帮我写的哦。送一身漂亮衣服给我吧。谢谢你上次给我的糖果。我睡着了，没发现你进屋呢。可我很开心。只要我许愿，你总是会来的。我最喜欢月姬了……

女孩子回到家，满心欢喜地等候月姬的到来。可她的希望落了空。第二天，女孩再次来到邮筒前。

——为什么啊……加代子的信没有寄到吗……不过没关系，妈妈给我多写了一封信，上面写着给我个娃娃吧。这次一定能寄到的。月姬啊月姬，你可一定要看啊。邮筒，请把我的信送给月姬吧……

好悲伤的童话。

木曾暗叹。然而，他另有别的原因相信两张明信片是这么寄到警局的。

加代子说过，“我和月姬很要好”，她还说，“我有什么愿望，月姬就一定会来的”，还炫耀“这身衣服是月姬送给我的哦”。

为了让女儿在案发后寄出那两张明信片，江津子用童话训练起了女儿。就像久美子跟母亲的对话一般——

让六岁的女孩相信月姬的存在轻而易举。江津子给女儿加代子写了好几张明信片，每次寄出去，月姬都会送礼物给加代子。当然，在女儿枕边放下漂亮衣服和娃娃的正是她本人。孩子对月姬的存在深信不疑，享受着与公主通信的乐趣。明信片变成了月姬送来的礼物，让孩子欢欣雀跃……

江津子被捕当晚的情景历历在目。她唤来加代子，搂住女儿的肩膀说道：

“要是觉得寂寞，就跟月姬说话吧。月姬最喜欢加代了，是不是啊加代？”

当时，江津子死死盯着女儿的双眼。那凝视中饱含着江津子的祈愿。她想再次确认之前的训练成果。

翌日，母亲没有回家。加代子忽然想起……对了！妈妈给我写的明信片还在呢！得寄出去才行……

明信片在这场杀人计划中占据着非常重要的分量。江津子早就将准备好的明信片交给了加代子。

如此想来，让尸体手握娃娃也绝非江津子一时兴起。她打从一开始就在明信片上写了这件事，并严格按照明信片上所写的执行杀人计划。这样一来，明信片的真实性倍增。面对唯有凶手才能写出的明信片，警方自是头疼不已。

一切都是江津子计划好的。先以嫌疑人的身份被捕，再用外界寄来的明信片证明自己的无辜。于是，她就优哉游哉地走出了警方的视线。

谁会怀疑一个六岁女童呢——

木曾浑身僵硬，只得缓缓站起身。拉开纸门，杉子闻声抬起头来。

孩子不见踪影。

“喂，赶紧准备饭菜。”

“这么着急干什么啊……”

“我要去署里。”

“今天你不是休息吗？”

“主任肯定在。”

“可……”

“少啰唆，快做饭！”

“你不是要带久美子去百货店吗？”

“你带她去吧。”

“难得休息一天……”

“还不快做饭！”

杉子默默走向厨房。事已至此，问什么都是白搭。妻子连发火的力气都没有了，只是觉得滑稽而已。只见二十贯的巨体如孩童般拼命扒饭……

风风雨雨二十年，杉子早已习惯丈夫的脾气。

木曾放下筷子，刷地起身，边穿鞋边嚼嘴里的饭菜。杉子皱起眉头。

“至于这么忙吗……”

木曾拉开大门。

“下雨了，记得带伞……”

“雨停了。”

木曾大跨步地出门。蒙蒙细雨如雾气般笼罩，凉凉的，落在红扑扑的脸颊上很是舒服。

早知如此就不该放了江津子。她定是准备了好几张明信片。除了警方收到的，说不定还有写着假地址的其他明信片。加代子岂会把如此重要的明信片随处乱扔呢。

找凶器的时候之所以没发现，定是因为大家满脑子想着“刀”，而忽略了明信片的存在。说不定那明信片就夹在图画书里。

雾雨中的小镇很是安静。如黄昏般的昏暗。木曾用手帕擦了擦脸，冲进警局。

“咦？阿俊你今天不是休息吗？”

见木曾进屋，主任抬起圆脸问道。

“是的，但我突然有了奇思妙想……”

“呵，这可真是巧了，我这儿也有桩怪事……”

“什么事啊？”

“你先说呗。”

主任拉了张椅子过来。木曾一坐下便说道：

“主任，明信片之谜解开了！”

木曾难掩兴奋，甚至没察觉主任的眼中渐露疑惑。

他沉醉在自己的推理中。

“只有这一种可能，”木曾如此断言，“江津子的计划酝酿已久，还打造出这么个可怜的小共犯来。”

“原来如此。”

主任听完点了点头，盯着所剩无几的香烟尖端陷入沉思。

这令木曾很是不安。

“我说得有错吗？”

“不，”主任看都没有看他，自顾自道，“你的推理八成是对的，可是——”

“没有证据？”

“不光是证据……”

“可以比对一下加代子的指纹和明信片上的，明信片肯定是加代子寄的！上面肯定有她的指纹！”

“明信片正反面都被人刮过，毛毛糙糙的，这你总记得吧？轻轻一碰是不会留下指纹的。”

“可恶！这也是江津子计划好的！没错！我怎么没想到呢！那女人连这一点都想到了！她就是因为这个才在明信片上做了手脚！”

“可笹部用吉的指纹很清楚啊。假设那明信片真是江津子写的，也真是加代子寄出去的吧。那笹部用吉的指纹要怎么解释？你的推理说不通了吧？还有——”

“还有？还有问题吗？”

“有，”主任眯起眼睛笑道，“说难听点吧，你的推理有个致命的矛盾。”

“啊？——”

“就是凶器。江津子可以提前在明信片上写好‘凶器在公园里，你们尽管去找吧’。可她不可能有时间去公园藏凶器。问题是凶器真在公园里。这你要怎么解释？”

“嗯——”

木曾低吟一声。这是他的推论的最大弱点。江津子的确能“写出”凶器的所在地，但她没法去那边“藏”啊。

“如何？木曾警官？你要怎么解释这个矛盾啊？”

主任的话点燃了木曾的斗志。木曾大吼一声：

“凶器是假的！”

木曾一惊——这句话又引出了新的想象。

“假的？”

主任很是吃惊。

“没错！公园里发现的凶器也是江津子事先准备好的，跟明信片一样！江津子的哥哥是医生，她总有机会知道俊二的血型。她可以从哥哥家里偷出血型相符的血液，涂在刀上。再用肥皂水洗一遍，事先藏在公园石垣里！”

没错！这么简单的事情，怎么就没早些想到呢！木曾得意扬扬地看着主任。然而等候着他的，竟是主任冷静视线与反驳。

“如果我们找到的是假凶器，那杀死俊二的真凶器究竟上哪儿去了？这个问题不解决，我们就还在出发点，而且，那还是个死胡同……”

木曾失落不已。他真的想错了吗？所有思路都被一把刀截住了。那把刀，正是木崎江津子平安无事的保障。

“要是加代子告诉我们，”木曾喃喃道，“母亲不在家的时候她寄过两张明信片就好了……”

“那也不行，”主任毫不犹豫地说道，“她才七岁啊！即使她这么说了，律师也会狡辩那是小姑娘信口胡说的。再说了，你能让那小姑娘上法庭宣誓做证吗？”

木曾的双唇不住地颤抖——他为自己的无力而怒火中烧。不逼那孩子做证，就不能证实江津子的罪行了吗？光是想象开庭时的场景，就够让人心痛的了。六岁的女孩。跟久美子一样大。

木曾忍不住痛骂自己。

（振作点，木曾俊作！别动这种残酷的脑筋！还有其他方法！你一定是看漏了什么……）

“况且……”主任继续说道，“两张明信片有明显的先后顺序，一号明信片说‘我是目击证人’，二号明信片则否定了这个说法，还说‘我不该撒谎的，我才是凶手’。如果寄明信片的是加代子，江津子怎么保证她不会弄错明信片的顺序呢？总不能说是偶然吧。这也是你的推论的弱点之一。”

主任指出的问题具有十分重要的意义。要是明信片的顺序错了，江津子的计划就会被警方轻易识破。孩子没有辨别顺序的能力。江津子怎会注意不到这一点？

冲来警署的兴奋劲儿不知去了何处。推理总伴随着矛盾，阻碍着搜查工作的进行。就不能推翻这座壁垒，戳穿凶手周密的计划吗？

木曾陷入沉思。主任笑道：

“对了，阿俊，假钞案的犯人找到了。”

“哦？”

“小事一桩，是个初一的孩子。”

“这样啊……”

木曾敷衍道。他哪儿顾得上什么假钞啊，重要的是杀人案啊。

“这就是我刚才说的怪事，这孩子啊，是望月町果蔬店老板的孩子。”

“望月町？”

木曾抬起头。主任的眼角带着笑。

“望月署的搜查主任刚打来电话，说那孩子就做了三张假钞。用透明胶拼的，手法可幼稚了。但有人不知道那是假钞，还用它在新参町的香烟店买了烟——”

“那是二十六日晚上的事儿吧？就是俊二被害前一天晚上。”

“没错，买烟的人也查出来了。”

“是谁啊？”

“笹部用吉。”

“什么？！”

木曾瞪大双目。案发前一天晚上，那人居然跑到江津子家附近来了？！

“你前几天不是刚去过望月署吗？所以那边也注意起了笹部。一发现他跟案件有关系，就打电话通知我们了。”

假钞案的犯人是昨天傍晚落网的。

望月町有一家果蔬店，叫“原崎商店”。一位夫人在店里买东西。店里找了她一张百元纸钞，可她发现那纸钞的手感很怪。原来那纸钞是用透明胶拼起来的。夫人拿出钱包里的纸钞和找钱比了比，发现拼起来的纸钞要比真钞小上一圈。她将找钱递给看店的男孩子说：

“这钱怎么这么奇怪啊，跟假钞一样。”

少年顿时露出狼狈的神色。他收回假钞，塞进口袋，给她换了张真钱。

店里还有位女客人，是当地银行的职员。天天在银行上班的她，自然对此产生了兴趣。

“喂，”她说道，“给我看看，我会认假钞。”

少年死死按着口袋，满脸惊恐地后退一步。之后便冲出了店门口。两位女顾客面面相觑，眼神中毫无笑意。

女职员回家时碰见了一位熟人——刑警的妻子，便随口谈起了这件事。几十分钟后，警员拜访了原崎商店。

少年很快招供了。原来他受了杂志报道的启发，做了假钞。之前他用假钞付了照相馆的照片钱。男孩边哭边求饶："我只做了三张，我知错了，不会再犯了，饶了我吧……"

警员又去了笹部照相馆。笹部说，他的确收过那孩子给的钱，可他二十六日一早要坐车去上田，就没仔细检查，直接塞进口袋了。看来他不是故意要用假钞的。

"也就是说，"主任仿佛在说服自己一般，"笹部的确是在不知情的情况下收了假钞。但耐人寻味的是，他在案发前一天来到了案发地点附近……"

"笹部为什么要来上田？我找他谈话的时候他根本没提起这事啊……"

"望月署帮着查过了。笹部二十七日去了伊豆半岛，但出发的四五天前，他在上田买了双鞋。问题是那鞋太小了，把他的脚给磨疼了。他心想过两天要去旅游了，鞋子不合适怎么行，就想去鞋店换一双。"

"呵……"

"鞋店的人说，新鞋也就算了，他都穿过了，没法换。于是笹部只得作罢，回家路上他路过一家电影院，突然有了兴致，跑进去看了场电影，出来之后顺路买了包烟。而他买烟的地方正是新参町的香烟店——"

"倒是合情合理……"

“是啊，而且案发当天他的确出门旅游去了，三天后才回来，这几天他有非常明确的不在场证明。这事究竟和明信片有什么关系呢……我最想不通的是他的指纹为什么是通过墨水沾上去的……毕竟明信片的字是用铅笔写的啊。”

说着，主任为自己和木曾各倒了一杯茶。茶水的颜色很浓，可无味无香。

主任仰起脑袋，咕咚咕咚地送进肚里。

走出警署一看，雨停了。云层散去，薄阳射来。泥土的气味扑鼻而来。树枝吐出嫩芽，新鲜感十足。果然是三月的春雨。走着走着，木曾不禁用力吸了几口气。

话说回来，这休息日算是白过了。久美子和母亲去百货店了吧。本来答应带她去百货店吃个饭，看个动画电影再回来的。休息天本不属于木曾一个人，他却亲手破坏了一家人的期待。即便是答应小孩的事，违背了诺言终归让他过意不去。要不现在去百货店看看吧？说不定能碰见她俩。

木曾朝中央大道走去。百货商店位于市中心海野町。对地方小城的人们而言，那是栋令人耳目一新的建筑物。有箱式电梯，也有自动扶梯。百货店的宣传口号——“在上田享受银座式的购物”——极大地满足了人们的购买欲。

走到百货店门口，木曾突然改了主意。十二点多了，孩子怕是去电影院了吧。既然到这儿了，不如顺便去新参町的香烟店打探打探好了。

案发前一天，箧部出现在了案发地点附近——这事引起了木曾的注意。

（我可真是个彻头彻尾的刑警……）

木曾暗自苦笑，自百货店门口走过。

“这……我实在想不起来啊……”

坐在香烟店门口的中年妇女歪着脑袋回答。案发后，木曾来找她了解过情况，两人都混熟了。

“其他刑警也问这问那来着……可假钞是关门之后才发现的，我哪儿知道是谁用的啊……”

也难怪。

“那您是什么时候打烊的啊？”

“九点多吧。一到那个点，这一带就没什么人了……”

“那人是个高高瘦瘦的男人，应该是傍晚来的。我就想知道他是不是一个人来的，有没有进这条小路……”

“这……都过去那么多天了……况且我很少注意客人长什么样啊……”

“也是哦……不好意思打搅了。”

木曾失望而归。看来他又白跑了一趟。不过……箧部的指纹究竟是怎么粘上的啊？

邮筒静静地站在小路一角。案发当晚，邮筒和香烟店之间拦起了警戒线。

木曾走到邮筒旁边，狭窄的小路尽收眼底。

行凶后，江津子从邮筒前走过，去了食品店。十几分钟后，她再次通过这里，回到家中。如果木曾的推理没错，案发第二天，江津子的女儿加代子把明信片丢进了这个邮筒。

街角的红色邮筒。两张明信片通过白色的陶瓷开口掉进筒里。

两张明信片——通过这开口——掉进去——

“啊！”

木曾突然惊呼。

脑海中的推理引发出新的联想，思维迸发出火花——丢进邮筒的，不光是明信片。

还有凶器！

这一联想很是唐突。但绝对没错！木曾真想给自己的脑袋一拳。这么简单的诡计，怎么就没想到呢！当然江津子丢进邮筒的肯定不是血淋淋的凶刀。她把刀装进了信封，还贴了邮票，然后才丢进了邮筒——如此一来，凶刀就成了正儿八经的邮件。

行凶后，江津子迅速清洗凶刀，并将它放进早已准备好的信封中。她走出家门，朝食品店走去。在小路尽头转弯时，不露声色地把信封丢进邮筒。跟香烟店的人打声招呼，缓缓走过。转瞬间，她的计划就得手了——

凶器并没有消失，而是由邮递员送到了最安全的地方。他猜得不错——公园里发现的那把刀是假凶器。只要事先知道俊二的血型，就能多搞出一把凶刀来了。

两把刀和邮筒，就是解开凶器消失之谜的关键。然而，江津子究竟把刀寄到哪儿去了？这么重的信封，邮递员就不会起疑吗？

木曾离开邮筒朝邮局走去。雨后的泥泞在他脚下飞溅。

木曾稳住心跳，推开邮局大门。他舔着干燥的嘴唇，朝窗口走去。

“您好，我是上田署的，我想见见收发邮件的负责人……”

年轻的员工隔着玻璃问道：

“您有什么事吗？”

“从新参町的邮筒……怎么说呢……收集邮件的……”

“哦，您是说邮筒的开函人吧？”

“啊？开函人？”

员工笑了笑说：

“您要找开邮筒的人吧？”

“没错，上个月二十八日的……”

“您稍等。”

员工轻巧地站起身，朝里屋走去。不一会儿，一个四十多岁、面色极好的男子出现在木曾面前。

“敝姓西山。二十八日是我负责去新参町那边收邮件的，请问您有什么事吗？”

“是这样的，”木曾调整呼吸后问道，“您二十八日上午去开邮筒的时候，有没有发现什么特别的邮件？”

“特别？怎么说？”

“就是……和普通的明信片或信件不一样的邮件。”

“呃……比如商品样本什么的？”

“没错没错，就是信封里装着东西的那种……”

“这可不好说啊，第四类、第五类邮件可以寄的东西有很多，那邮筒里也有不少呢。”

“第四类？”

“比如盲人用的点字、函授教育的相关文件、农产品的种子、种苗什么的。”

“哦……”

“第五类嘛……”中年邮递员得意扬扬地解释着，“包括书籍、印刷品、事务文件、商品样品，以及任何不包括在前四种类型中的东西。说白了，只要不超重，不是违禁品，什么都能寄。”

“什么都行？”

“什么都行。不过第五类的重量必须控制在一千两百克以内，体积也有限制，必须是四十五乘三十乘十五以内的。”

“原来如此……”

木曾两眼放光。一把刀绝不会超重。

“对了，”他抛出第二个问题，“如果邮件的收信人不明，邮局会怎么处理？”

“当然是退给寄信人了。”

“如果连寄信人都不明呢？”

“这属于‘寄退不能’的情况，由地方邮局或是发送这封邮件的邮局开封。如果打开了还是搞不清楚寄信人或收信人是谁，就由邮局保管三个月，过期了就处理掉，或是卖掉。”

“哦……”

木曾陷入沉思。这些事江津子肯定打听过了。她绝不会冒险让邮局退回邮件或是打开信封。信件绝对寄到了。问题是——究竟寄到哪儿去了？

木曾心想，这个一会儿再说。总而言之，凶器消失之谜算是解开了，这本就是一大突破不是吗！

他道了谢，正要离开窗口，突然看见年轻员工的办公桌上放着把刀。无论是形状还是大小，都跟公园发现的凶刀差不多。

“不好意思，我想再问最后一个问题，”他笑着问道，“您桌上的刀也能寄吧？”

员工一脸疑惑地反问：

“您要寄刀？”

“我只是这么假设而已，如果要寄的话？……”

“寄是可以寄，只要包得好，邮资够就行。”

“也就是说直接丢进邮筒也行……”

“行啊，如果是这把刀的话……”员工将刀放上台秤，驾轻就熟地说道，“两百三十克，算第五类邮件，二十四元。”

第十一章　尸体

来，快过来

不能哭哦

没什么好怕的

好久没有在妈妈怀里甜甜入睡了

你最喜欢的月姬

又要来看你啦

把台灯关了吧

你和妈妈 还有月姬

只属于我们三个的秘密房间

谁都不知道

谁都进不来

翌日一早。

上田站前的旅馆“锦水庄”。账房里，店老板对女佣说道：

“不用去喊二楼那位客人起床吗？……”

“不用，他特地嘱咐要睡个懒觉。”

“都九点了……今天还有旅游团来呢，十一点前总得让他退房啊……”

“那……我去问问吧。”

女佣走上楼去。那是这间旅馆最好的房间，由两间小房间组成的套间。谁让那位客人点名要住上房呢。

女佣走到房门口唤道：

“客官。”

拉开房门，里头还有一片用来放鞋的空地。走到纸门前，女佣再次问道：

“客官，早上好，您醒了吗？”

无人应答。她拉开纸门，来到套间中的小隔间。还要再拉开一道门才是客人休息的房间。屋里寂静得令人毛骨悚然。

“客官？”

她轻轻拉开纸门。屋里闷热的空气扑鼻而来。女佣跪着挪进屋。突然，她的视线冻住了……

客人的上半截身子伸出被褥，倒在草席上。右手指甲深陷草席之中。口中吐出的污物溅在床单与枕头上。

见状，女佣连滚带爬地冲向走廊。惨叫传至楼下。店老板冲上来一看，果不其然，客人早已归西。

登记簿上写着此人名叫中村太郎，三十五岁，是个公司职员，家住小诸市。店主打着寒战，膝盖不住地颤抖，好不容易才走到电话机前。

二十分钟后，上田署的警车停在锦水庄前。车里除了法医，还有主任与木曾。

“人死了？”

主任一下车，便向脸色惨白的店主问道。

“是的……都凉了……”

“是今早发现的吧？”

“是的，看他迟迟不起床，女佣就去喊了，没想到……”

“他是什么时候住的店？”

“昨天傍晚。一个人随随便便来的……”

听到这儿，法医便在年轻掌柜的带领下进了店。木曾也跟了上去。主任则一屁股坐在账房。

“他叫什么名字？”

店主拿出登记簿。

“哦，小诸市的人啊。住店时他都说了些什么？”

“这……他就拿了个包，开口就说要上房，多贵都行……”

“还挺阔气嘛。”

“吃晚饭时也点了很多好酒好菜……”

“八成是自杀吧。最近常有这种事。想做个饱死鬼上路，可身无分文，就跑到旅馆去住一晚，吃饱了再死……”

“不会吧……”

主任见店主都快哭出来了，只得笑道：“我只是举例……”

“可我陪那客人喝酒的时候，”一旁的女佣带着僵硬的表情否定了主任的猜想，“他还从口袋里掏出一张千元大钞给我看呢，还握着我的手说‘明天大爷我带你去上山田温泉玩玩如何’……”

“原来如此，不像是会自杀的人……”

“而且九点半时还有个叫山木的人打过电话来找他……”

“电话？他们说什么了？”

“这我就不清楚了，但接了电话他就出门去了，二十分钟后回来的。威士忌也是他买回来的。”

“电话是女人打来的？”

“不，是个男的。”

主任听到这儿，起身说道：“得，让我去瞧瞧那闲情逸致的死者吧。”

在店主的带领下，主任走上二楼。走廊尽头就是那间有死尸的屋子。走在走廊还能听见法医与木曾的对话。

见主任进屋，木曾投以阴郁的眼神。

“主任，”他用下巴指了指尸体，“那是筐部用吉。”

从尸体的情况看，此人定是死于毒物。枕边有一瓶开着的威士忌。一旁则是个时髦的包装盒，写着“爱丽丝威士忌”这几个字。商店的包装纸则被揉作一团丢在旁边。一只茶杯倒在地上。还有本摊开着的周刊杂志，封面上是个扭动腰肢的裸体女人。

主任茫然地看着眼前的光景。视线之所以没有焦点，皆因他的脑子在想其他事情。

筐部用吉——

跟这个名字有关的记忆，扰乱了他的思绪。

“我大致推测，”法医坐在尸体旁，“死亡时间是昨晚十一点前后，死因是服下剧毒物质，有毒的八成是这威士忌。茶杯底部还留有少量威士忌。从尸斑和呕吐物的特殊气味推测，毒物应该是氰酸钾。酒瓶中应该还留有不少。详细情况得解剖后再说吧……”

“畜生，”主任吼道，“这绝对是他杀……”

法医用力点头道：“是啊，要自杀何必把毒物放进酒瓶里呢。下在茶杯里，喝一小口就结了。而且房间里也没有毒药的容器或包装纸。”

“那这威士忌是——”

木曾一脸的不可思议。

主任解释道："昨天傍晚筐部用吉用中村太郎这个假名入住旅馆。晚上九点半左右，有个姓山木的男人给他打过电话，然后他就出门去了……"

"也就是说那个山木知道筐部的假名？"

"没错，一开始是女佣接的，然后才让筐部听的电话。筐部就出去了二十分钟，回来时手里拿着这瓶威士忌。但我觉得这瓶酒不是他买的，而是那个山木给他的。筐部心满意足地喝了毒酒……所以这一定是他杀。"

突然，一股疲劳向主任袭来，引得他瘫坐在地。要思考的事情实在太多了。

木曾也随主任坐了下来。法医叼起一根烟。打火机"咔嚓"一响。

木曾低声说道："我看了看筐部的遗物。他外衣兜里有二十张千元大钞，总共两万，钱包里有两百三十块零钱。还有就是地上那本周刊杂志和皮包了。"

"皮包里是什么？"

"五六张旧报纸。"

"旧报纸？没别的了？"

"没了。"

"嗯……"

主任失落不已。

木曾喃喃道："难以置信——"

主任抬头问道：

“怎么难以置信了？”

“电话啊！打电话的是个男人吧？”

“女佣是这么说的，怎么了？——”

“他包里的旧报纸全是上个月二十八日之后的。而且每一张上……”木曾凝视着主任的眼睛说道，“都登着木崎江津子的照片和杀人案的报道——”

两人四目相对，一切尽在不言中。他们的脑海中都出现了三个字——又来了！

警方向锦水庄女佣了解情况，而主任的问题则集中在那通电话上。

“打电话来的是个男人？”

“是的。”

“从声音看，那人大概多大年纪？是小年轻、中年人还是老头？凭感觉说就行。”

“应该是个中年人，嗓音又粗又沙哑。口齿不清，像是喝醉了酒……”

“嗯……会不会是女人故意装成男人的样子……”

“不，肯定是男人的声音。只是那人说的话有些奇怪。”

“怎么说？”

“我们旅馆叫锦水庄，所以平时有人打电话来，都会说‘喂，请问是锦水庄吗’，可昨晚那人说的是，‘喂，是矢崎先生吗？你们家电话是一零五八吧？’还问了好几遍呢。”

“矢崎先生是……”

“我们老板。我还以为是找老板的，就回答‘是的，这里是矢崎家’，然后对方就说，‘麻烦叫你们那儿的中村先生听电话，山木有事找，是中村哦，中村！’嗓门还特别大……”

“原来如此……对方用的是公用电话？”

“应该是吧。我还听见电话那头有铃声呢。”

“铃声？自行车的车铃吗？”

“不，还要更响一点，持续的时间要更长一点……”

“嗯……”

主任陷入沉思。

又粗又沙哑的嗓音——定是这人把笹部叫了出来，又把混有毒物的威士忌塞进了他手里。笹部带着两万现金，包里则装着与木崎江津子有关的旧报纸。而且那明信片上还有他的指纹……

木曾默默听着主任与女佣的一问一答。捅死俊二，毒死笹部，两起案件仿佛有一根直线相连。那么能否以这根直线为底边，绘出一个三角形呢？问题是顶点。女佣说，打电话来的是个嗓音沙哑的男人。可木曾眼里只有木崎江津子一人。这一推论毫无逻辑，只是他的愿望罢了。

“那笹部在电话里说什么了？”

主任继续问道。

“这我就不清楚了，我只听见他说，‘那可真是麻烦了……不用这么着急……那我这就过去……’说完他就把电话挂了。”

“那会儿是九点半吧？”

“是的，他说要出门，我就帮他把鞋拿出来了。但那双鞋好像太小了，他穿了半天都穿不上。于是我就给他提了个鞋拔。他笑着说：‘唉，这鞋就是不合脚，反正我不到远处去，穿木屐好了’，所以他就穿着我们店的木屐出去了。”

“他往车站那儿去了？”

“不，他往反方向走了。二十分钟后回来的，手里还拿着瓶威士忌。我一看包装纸，就知道那是附近的丸越食品店买的。”

听到这儿，木曾走到旅馆门口。

账房的电话响了。是警署的鉴识课员打来的，点名要主任接电话。

“酒瓶里检测出大量氰酸钾，指纹还在查。对了，望月署联系我们说笹部的妻子出发了。”

“谢谢。”

主任放下电话，只见店主一脸媚笑地问道：

“请问——预约要住店的客人怎么办啊？”

“人死了，能怎么办！”

主任撂下一句话。

“这事儿啊，我记得，我记得，”丸越食品店的年轻女店员回答了木曾的问题，“九点半左右吧，我正望着门外发呆，心想该关门了，结果一个男人走进来说，‘来瓶爱丽丝威士忌，十万火急！’边说边在柜台上丢了七百块钱。”

“你还记得那人长什么样吗？”

“这……好像是个高高瘦瘦的……”

“啊？高高瘦瘦的？”木曾狼狈不堪，赶忙问道，“他大概多大年纪啊？”

“三十五六岁吧。”

“他的声音有什么特征吗？是不是又粗又沙哑的那种？”

“不是啊，还挺细声细气的，声音也很清楚啊。”

“他穿着什么衣服？”

“是洋装，啊，对了对了，他还穿着木屐呢！所以我猜他应该是住在附近的人吧。”

木曾茫然地听着女店员的回答。简直难以置信。主任和木曾都以为威士忌是那个嗓音沙哑的男人买的，是那人在酒里下了毒，然后再交给笹部的。而且木曾还贪婪地希望，那男人就是木崎江津子。那是毫无理由的愿望，近乎执念。

女店员继续说道：

“买完酒，那人还说‘我就盼着睡前能喝一杯呢’，之后就小心翼翼地捧着酒出去了。”

“门外有没有人等他？”

“没有啊，他一个人来的，也是一个人走的——”

木曾的希望落了空。他的推理土崩瓦解。迷雾的尽头究竟是什么？

他道了谢，走出食品店。不合脚的鞋子发出无力的响声。他忽然想道，笹部也买了双不合脚的鞋呢，跟我一样。

毫无意义的联想。

不久，笹部用吉的妻子驹江赶到搜查本部。

一见丈夫的死尸，驹江号啕大哭，简直与幼童无异。主任与木曾负责向她了解情况。两人只得等她哭完了再问。

“不光昨天……”她抽泣道，“我家那口子前天也来上田了。”

“他来上田干什么？”

“不知道。”

“是不是来找人的？”

“不知道。他从不跟我说外面的事情……”

“前天他没过夜吗？”

“没有，一回来就给了我一万块钱。”

“哦？”主任想起死者身上的两万块钱，“以前有过这种事吗？”

“没有，我还问他给我钱干吗，他说，这还用问吗，生活费啊。末了还自言自语了一句‘咱家的债还有多少啊’……”

“那你怎么说的？”

“我说大概五万吧，他又自顾自地说，‘哼，才五万啊，钱这东西，只要动动脑子，一辈子都吃穿不愁了’……”

“昨天出门时他说过什么没？”

“没有，他是趁我不注意的时候走的。平时他总那样，我就没多想……”

她回忆着当时的情景，吸着鼻涕。

“最近他有什么不对劲的地方吗？比如看上去很飘飘然

啊，或是有陌生人寄信给他之类的……”

“话说回来……”她看着木曾说道，“这位警官来过我家之后，我家那口子思考了很长很长时间，想着想着，突然问我，‘我去伊豆那几天的报纸在哪儿？’我就帮他找了出来。他一把抢过报纸，冲进冲印室去了……”

主任吞了口唾沫，两眼放光，与木曾对上了眼。那不正是笹部随身携带的报纸吗？

两起案件之间被一条看不见的丝线相连，而结点正是笹部用吉的指纹。然而，真相依然模糊不清。

可……笹部用吉的指纹究竟是什么时候粘上的？

在哪儿？

为什么？

怎么粘上的？

第十二章　追　查

转过头来

你的眼睛

在看什么啊

没有看妈妈

也没有看月姬

你在看什么

让我猜猜看吧

你总是在看遥远的过去

看着陌生的景色

妈妈懂的

懂到心痛——

一小时后，鉴识报告出来了。法医的推测没有错，死因与死亡时间都不需要订正。

但酒瓶和包装盒上只有笹部一人的指纹。这一结果令木曾大吃一惊。

木曾喊道："不可能！威士忌是女店员给他包的，至少也该有她的指纹啊！这一点很重要！"

"结论只有一个，"主任压低嗓门道，"威士忌被掉包了。"

"掉包？可女店员说笹部是一个人去的，也是一个人捧着酒走的啊。哪儿有机会掉包啊？也没有必要掉包啊……"

"我猜……"

主任缓缓道来。

首先，笹部被一个粗嗓门的男人喊了出去。他在电话里说过"不用那么着急"，据此推测，他八成是去拿钱的。

男子拿完钱，对笹部笑道："我去你那儿喝一杯如何？"

"好啊。"

"时间不早了，去买瓶威士忌吧。麻烦你去买瓶爱丽丝威士忌，那边的'丸越食品店'就有。"

男子将钱交给筐部。筐部屁颠屁颠地买酒去了。男子在食品店远处的阴暗处等待。

“我就在这儿等你。”

男子伸手摸索着外套下，摸着一个细长的盒子。这时筐部回来了。

“我买来了。”

“谢谢。”

男子接过酒。筐部迈开步子。

“走吧。”

男子原地不动，用冷淡的视线望着筐部的背影。

“怎么了？”

“算了，时间不早了，下次再说吧。这瓶酒就送给你好了。”

“是吗，那可真是太遗憾了。”

“今晚你自个儿慢慢喝吧。”

男子将酒瓶交给筐部。筐部高兴地收下。同样的包装纸，同样的威士忌，但里头装的东西可大不相同！

“原来如此……”木曾点点头，“没错，一定是这样！那粗嗓门的男人事先在其他地方买了酒！我这就去市内卖酒的地方调查！”

木曾很是兴奋。

“阿俊啊，”主任示意木曾坐下，语气中满是疲乏，“这可不好查啊。那瓶酒肯定不是在丸越食品店买的，他完全可以买其他东西，因为他要的只是那张包装纸啊。前天筐部也来过上田，还拿了一沓现金。我认为那时毒杀计划就成形了。也就是说那人有两天时间买那瓶威士忌。”

“也就是说……那威士忌不一定是在市内买的……”

“没错。包装盒上有公司印的序列号，我派人去查了查，发现那批货是通过长野市代理店销售的，全县都在卖……”

调查并未停滞。木曾很是茫然。他想起之前为了调查凶刀的出处，众人曾在市内四处奔走。莫非这瓶酒的出处也查不出来吗？

可木曾还是站起身来。其他刑警也冲出办公室。主任向他们投以祈愿的眼神……

傍晚。

刑警们拖着沉重的步子回到警署。主任一看他们的神色，便知道了调查结果。

搜查会议开了许久。县本部的刑事部长来到上田署，激励了署员一番。众人带着阴郁的表情听部长慷慨激昂。

“目前本署要调查两起杀人案，但这两起案件有着千丝万缕的联系。方才搜查主任已将详细情况汇报给我了。各位的努力让我深感钦佩。尤其是木曾警官，他指出了木崎江津子的犯罪嫌疑，并努力寻找证据。他的意见很有参考价值……”

木曾突然抬起头——实在没想到部长会点名表扬他。

“我也认为那就是真相。但草率断定那是真相，总让我有些不安。因为他的推理还没有确凿的‘物证’。

“不是我故意给大家泼冷水，可警方已逮捕过木崎江津子一次，又释放了她。当然，调查工作不会因此中断，犯罪案件也没有水落石出。但要再次逮捕她，必须重下决心。我们必须找到确凿的物证，一举击破她的缄默、否定与辩解……”

木曾紧握双拳，直愣愣地盯着部长。

上哪儿找证据去啊！

“如果推理是正确的，就会与现实吻合。两者之间是不应该有空隙的。有什么‘物证’能填补中间的空隙呢？我知道证据很难找。但我还是期待着各位能有杰出的表现……”

部长的讲话将刑警们带回过往。过往中，唯有绝望与疲劳。他们只得呼吸着过往中那混浊的空气。

主任站起身来，列举笹部一案的众多疑点。

——为什么要用中村这个假名住店？

——这个假名是和粗嗓门男子商量后决定的吗？还是那名男子命令他用的？

——笹部和男子是什么关系？笹部是不是在勒索他？

——勒索的原因是什么？和明信片上的指纹有无关系？

——电话是从哪儿打来的？女佣听见的铃声是什么？

——山木是真名还是假名？

——明明是打去锦水庄的电话，为什么要问“是不是矢崎先生（店主的姓）”？

——笹部是否从一开始就参与了俊二的杀人案？还是事后发现了什么，并用这一发现要挟某人？

无数问号充满着刑警们的视野。没有一个问题有明确的答案。会议在沉默中结束。听说晚饭已准备好时，众人不禁松了口气，站起身来。倒不是饿了——他们只是盼着早些解放而已。

“动机是个大问题。”

主任把椅子拉到火炉边说道。一入夜，屋里就特别冷。木曾则把椅子拉到主任旁边。

吃完晚饭，刑警们踏上归程。屋里静悄悄的。只有火炉不时发出响声。

“为什么要杀死笹部？笹部死了，对谁有好处？……”

“这事肯定跟勒索有关。我去找过他之后，他就发现了俊二一案的玄机。这个秘密成了他的摇钱树,也要了他的命……”

“但你是三月二日去望月町的吧，也就是我们收到一号明信片的第二天。可笹部是前天来上田市的……”

“也就是说……”木曾道出了他的推论，方才开会时他并没发话，可现在只有主任在场，他便没了顾忌，“笹部的确是三月二日发现那个秘密的。那会儿江津子还是重要嫌疑人，还在局里。但江津子一被释放，笹部就来上田了，这也太凑巧了……”

“喂，阿俊！”主任不禁提高嗓门，“笹部不会是为了勒索江津子才……”

“当然这只是我的想象。我猜测，他定是从我的问题和报纸上看出了端倪，而且这个端倪对江津子而言是‘致命’的。

这个秘密只有他知道。他带着这个秘密去勒索刚被释放的江津子。她也给钱了。但两人的交易还没结束。只要卖家还有一口气……”

“那我问你，”主任反问道，“那粗嗓门的男人又是哪儿来的？江津子总不会雇凶杀人吧？那岂不是又多出一桩交易了吗？”

“是啊，我也想不通。涉案人员里也没有嗓音沙哑的人啊。估计那山木也是假名……”

“问题是明信片上的指纹。这是解决本案的关键。那明信片上的指纹特别清楚，就像是……”主任抓住木曾的手，按在他自己的膝盖上，“抓着笹部的手指按上去的一样——”

说完，主任忽然露出奇妙的神色，仿佛在拼命理解方才那动作与话语的意义一般。

他太投入了，甚至忘了松开木曾的手。

主任的沉默令木曾目瞪口呆。

“您怎么了？”

主任松开手说：

“指纹之谜解开了！”

“什么？”

木曾愕然。

“笹部的指纹，”主任的声音都哑了，“就是这么印上去的！”

“怎么印的啊？”

“江津子就像我刚才那样，抓着笹部的手，按在了明信片上！”

“啊？这是怎么回事？”

“如果那明信片真像你说的那样，是犯案前准备好的，那指纹肯定也是犯案前印上去的。案发前一天，也就是上个月二十六日，笹部来过上田市，还去看了场电影。而木崎江津子也在电影院里。两人的座位碰巧相邻！这是个偶然。但这场偶然中，暗藏着笹部的死因……”

主任停了下来。木曾还是没搞明白。就算两人的座位偶然相邻，可这和指纹又有什么关系呢？

主任继续解释：

“这个计划来自于江津子的亲身经历。以前她去看电影的时候，旁边的男人总会对她动手动脚，比如抓住她的手什么的。刚才我一抓住你的手，就想到了……”

“……”

“如果明信片上有第三者的指纹，警方自然会被骗得晕头转向，拼命追查那人的身份。我们不正是如此吗？于是江津子心想，一定要搞个指纹上去。怎么样才能让第三者把指纹印到明信片上呢？而且还不能是她周围人的指纹，那样太危险了。必须是个和她毫无干系的第三者。指纹——手——陌生人——她想起了电影院中的经历。一片黑暗中，朝她的膝盖逼近的贼手。如果下面正好有一张明信片……如果那手指上有墨水……”

“啊！”木曾出声喊道，“原来如此！江津子带着明信片去了电影院——当然是没写过字的空白明信片。”

“没错。那天她旁边碰巧坐着笹部用吉。而且啊，阿俊，笹部还有猥亵罪前科呢！贞淑的寡妇江津子紧闭双眼，把手伸向他膝盖时，他定是以为今天撞了大运，简直是天上掉馅饼了……”

主任与木曾忍俊不禁，但随即恢复了严肃的表情。

“笹部自然上钩了。他伸手摸着江津子的膝盖，享受那柔软的触感。江津子用颤抖的双手拔开钢笔盖，把墨水弄到笹部的手指上。一瞬间，他的指纹就留在了明信片上——”

“可笹部是怎么发现这事的啊？”

“关键就在这儿！完事后，江津子定是甩开了笹部的手。她站起身，离开了电影院。笹部当然吃惊了，怎么会有这种事，明明是那女人主动勾引他的啊。于是他追了出去，但江津子拼命往家跑，要是被抓住了，计划就泡汤了。她定是一溜烟地跑进了新参町的小路。笹部追不上，只能放弃，跑去街角的香烟店买了包烟。拿钱的时候，他才发现手指上有墨水。”

主任如此断言。

指纹之谜终于解开了。

两人不约而同地将手伸进口袋，掏出香烟。

主任吐着烟，进行补充。

“阿俊，你去找笹部，反而让他把这事儿想起来了。墨水指纹——就是这四个字唤醒了他的记忆。他二十七日出发旅游去了，不知道案件的详细情况，于是就去查了报纸。报上还有照片。怎么看怎么像电影院里那个女人。但他并没有把握。后来假钞的事儿见光了，他知道了香烟店的名字，也知道那店就在新参町小路入口。笹部这才将木崎江津子与自己联系起来。”

谜底揭晓。主任将笹部用吉的心理活动与行动描绘得淋漓尽致。然而，他们仍面临着不少未解之谜。

主任道出了他的推理。但他们并没有将推理与现实联系起来的“物证”——唯一的证人笹部用吉已死。

所以他们虽然为这一发现而喜悦，但并没有陶醉在真正的胜利感中。木崎江津子仍在远处。警方与她之间仍有距离。两者之间，冒出一个黑影。两人凝视着黑影……

粗嗓门的男人！

这人究竟是何方神圣！

木曾行走在夜色中。原色的霓虹灯将人行道染成各种颜色。刚和主任讨论完案情，兴奋仍残留在滚烫的脸颊上。

他正朝站前走去——

一个人站在案发现场，一次又一次地去。站在现场思考，这样就能听见被害者的声音了……

他回忆起前辈的教诲。俊二的案子也是如此。他独自站在现场，指出了江津子作案的可能性。不过那是江津子设计好的陷阱，他只是上当了而已。但他落入陷阱的时候抓住了江津子的脚踝，把她也拽了下去。

我正一步步接近木崎江津子——木曾心想。她的壁垒，正被我们逐层瓦解。

指纹之谜解开了。

寄明信片的方法也大体推理出来了。

让凶器消失的手法也不再是个秘密。

还有酒瓶掉包的手法。

动机也大致摸清了。

木曾伸手摸了摸口袋里的照片。小时候的俊二，简直与加代子一模一样。这张照片也是关键。杀死笹部的动机很明确——抹消勒索者。

剩下的谜团是什么？——沙哑嗓音的男子。只有那人还在黑暗中无声地窃笑。

走到旅馆锦水庄门口，木曾停下脚步。环视四周，发现车站前有个公用电话亭。自称山木的男子是不是从那儿打的电话？木曾凝视着电话亭，陷入沉思。

女佣说她接电话时听见电话那头传来了铃声，响的时间还很长。铃声。站前的公用电话。木曾一惊——莫非是电车发车时的铃声？

他正要往车站走，可又停住了。不对啊……

女佣还说，笹部出旅馆后朝车站反方向去了。丸越食品店就在那个方向。那神秘男子使用站前公用电话的可能性就很低了……

木曾回头看着方才走过的路。从车站出发的大马路途经松尾町、原町，直通市中心。

（这条路的哪一段有公用电话？）

（铃声究竟是从哪儿来的呢？）

（铃声持续的时间很长。铃声。这一带没有工厂，也没有学校。没有火车、电车、巴士……）

对了！会不会是巴士的发车铃啊？原町大道有个巴士营业所，那前面就有个电话亭。木曾听过好几次发车铃。那人肯定是从那个电话亭打的！

可是……木曾不禁怀疑这个发现究竟有多大的意义。

那人究竟是谁呢？沙哑声音的男子走进电话亭，把笹部叫了出来。重要的不是电话亭的位置，而是那人的身份。

木曾盯着站前的电话亭，呆呆地望着人们进进出出。年轻女子、中年男子、拎着书包的女高中生……

（昨晚那神秘男子也是这么若无其事地走进电话亭的。他给笹部打了电话，说了些什么。粗哑嗓音的……神秘男子。神秘人物 X。在这个犯罪方程式中，唯一的未知数就是这 X。如果 X 是江津子，答案就简单了。不，X 必须得是江津子。否则方程就不成立了……）

再次重申，这不过是他的愿望罢了。他从心底里希望 X 就是江津子。然而女佣的耳朵否定了他的希望。那人的声音绝不是装出来的。粗哑嗓音的男人——女佣反复强调。如果是硬装出来的，那人肯定会尽可能少说话，免得暴露。

木曾仍然盯着电话亭。一对男女走了过去，看着像是夫妻。女的说了几句，男的点点头，进了电话亭。他没关门，而是和女子商量了几句后拿起听筒。女的站在男子背后，仍在说话，好像在和男的商量要怎么和对方说——

突然，木曾两眼放光。

愿望与现实重合了。

他终于发现了 X 的真面目！

几秒后，他离开了锦水庄前。巨大的激励，驱使着他前往新参町。

为什么要去那儿？

他也不知该如何解释那时的心理活动。他下意识地想将方才的发现汇报给主任,唯有身子在往江津子家走。这个方向，并不是他决定的。突然向他袭来的冲击，将他一步步引向了新参町……

太轻率了，时机尚未成熟——可惜他事后才发现这点。无奈当时的木曾俊作并非刑警，而是一介常人。不，是个总被对手压着打，心中满是激奋与斗志的男人，拦也拦不住。本能战胜了理智。

木曾仿佛中了邪一般拼命地走，心中呐喊着：

（太好了！）

（木崎江津子，我总算扯下了你的面具！）

（我要亲手铐住你那双沾满两人鲜血的手！）

走进新参町的昏暗小路，来到江津子家门口。窗户里透着亮光。

木曾能清晰地听见胸口的心跳声。

第十三章　对　决

月姬生病了

铁青的脸

因痛苦而扭曲

月姬在哭泣

太阳背对着她

星星佯装不知

好可怜的月姬

你也来这里吧

为月姬祈祷吧

“有什么事吗？”

江津子一如既往的恬静，将那张五官精致的脸庞对准木曾。

屋里换上了新草席。青草的味道扑鼻而来。孩子不见人影，八成是睡下了。

“不好意思深夜造访，我想跟你打听一个男人……”

“男人？谁啊？”

“笹部用吉。昨天、前天他都来找过你。”

木曾直视着江津子的眼睛。

“这……这两天家里没来过客人啊……他是——”

江津子的声音很是镇定，反倒是木曾的声音在发抖。

“笹部用吉。他在站前的旅馆锦水庄喝了你给他的毒威士忌，一命呜呼了。”

“我给的？”

“没错。昨天和前天，他都来过这里。”

“为什么他要来我家啊……”

“为了来勒索你。你前天给了他一万，昨天晚上又给了两万。总共三万——这就是他一条性命的价钱。”

江津子莞尔一笑。

“我不明白您在说什么……我为什么要给他钱呢？”

“夫人，”木曾恶狠狠地说道，“不用狡辩了，你干过什么，我心里一清二楚。你写的明信片上留有笹部的指纹。那指纹是你在一片漆黑的电影院里搞到的。笹部发现了指纹的玄机。你计划用明信片来证明自己是无罪的，而且计划进行得也很成功。你就这么被无罪释放了。但笹部明白指纹代表着什么。他用这个秘密勒索你给钱。要是他说漏了嘴，你的‘完美犯罪计划’就泡汤了。笹部是个恶棍,但他最终还是成了‘无罪’的牺牲品……”

“……”

“昨晚你告诉他你会去筹钱的，让他住在锦水庄等一会儿。你们还商量好，让他自称中村，你则自称山木。无论是勒索还是杀人，都不能让别人知道。笹部心想，为保守秘密，用假名也是很正常的。他本就是个坏痞子……”

江津子仍然面带微笑，这令木曾焦躁不安。

“你们商量好,等你搞到钱了,就打电话给他。晚上九点半，你拿着事先准备好的毒酒出门，去了原町的巴士营业所。那里有个公用电话亭。你环视周围，发现等车的人里，有个喝醉酒的中年男子，看上去还挺热心的。你假装乡下人，凑近那个男人说,‘我不知道该怎么打公用电话,能不能帮帮忙啊’。那人一口答应，把你带到了电话亭。你把旅馆的号码告诉他，说那是‘矢崎’家的电话。之所以不报出‘锦水庄’，是为了防止案件登报时让那男人起疑。果不其然，晚报上出现了‘锦水庄’三个字。而那名男子对这旅馆自然是毫无印象……”

江津子的双唇漏出一丝呢喃。那并非惊讶，而是对木曾的轻侮。荒唐——呢喃在木曾耳中转化为嘲笑。木曾气得咬牙切齿。

“男子照你说的，把‘中村先生’叫了出来。他的声音沙哑而低沉。女佣接完电话，就去屋里叫人了。这时，电话就到了你手里……”

“怎么说得跟演电影似的。”

“没错。那时的你就是个电影明星。是即将发生的杀人案的女主角。你跟笹部在旅馆外碰了头，你给了他两万现金，又假装讨好他，提议要不要去他的房间一起喝个酒。笹部喜出望外，乖乖跑去买威士忌了。可等他回来，你又说‘我还是担心家里’，逃之夭夭。笹部失望不已地从你手中接回那瓶酒，殊不知酒已被掉包——他从你手中接过的，是‘死亡’……”

木曾很是焦躁。江津子的表情毫无变化。只是低下眼，看着纤细的手指罢了。毫无反应的语言，令木曾无奈不已。

这冷静与自信究竟从何而来？木曾心中掠过一丝不安。

“夫人，我都说了这么多了，该轮到我问了。笹部是你杀的吧？”

江津子抬起头来。

“警官，您的理论令人大开眼界，可是……”她压低嗓门说道，“您的理论缺了样最重要的东西。”

“哦？缺了什么？”

“前提。您刚才说的一切，都建立在‘俊二是我杀的’这个前提上。可事实证明我是无罪的。没有前提的理论，和空中楼阁有什么区别？”

这就是江津子的最后防线吗？不要紧，我有答案！

“这事我们早就查清了，”木曾摆正坐姿，“包括你计划的每个部分……”

明信片是怎么寄的？

六岁的女孩究竟做了些什么？

在公园发现的假凶器。捅死俊二的刀究竟用何种手段藏了起来。

木曾滔滔不绝。双颊如喝醉了酒般通红。每说一段，他就能听见一层防线分崩离析的声音。如今，江津子已是“一丝不挂”。

“夫人，”他直视着江津子的眼睛说道，“这就是我对俊二一案的推理。”

犀利的凝视带来了沉默。木曾的皮肤感觉到了空气的凝重。太安静了，没有一个东西在动。早该跪地求饶的她，居然还端坐在面前！

江津子的声音仿佛从远处传来。

“怎么跟童话似的……”

“少给我装蒜！”木曾羞于怒号，只得压低嗓门，“我们还没查出你把凶器寄到哪儿去了，但那只是个时间问题。”

“是吗？凶器本不存在，警方得找到什么时候去啊……”

“那沙哑嗓音的男人迟早能找到。只要沿着那条巴士线路一路找去，肯定能找到。”

“说不定是个远方来的游客呢。说不定他坐巴士，再换火车，去了远方……说不定……去的是您的推理能成立的童话国度呢。”

她抬起眼，精致的双唇露出一抹浅笑。木曾狼狈不堪。那毫无斩获的日子，正印证着江津子的话。这是何等缜密的计划！方方面面，都经过她的精心策划！这才是江津子坚定自信的源泉。

“时间不早了，请回吧。”

木曾强忍着屈辱与愤怒。

“无论你对这计划何等自信，我都会扯下你的假面具。真相总有一天会浮出水面。”

“没有证据，您总不能造一个凶手出来吧。”

落败感令木曾心中一片黑暗。缺一样“东西”。什么时候才能用大锤将她打倒在地？木曾扪心自问。

“可你就是凶手，绝对没错——”

“我没有杀害俊二的动机。他是我丈夫的表弟啊。”

这句话让木曾产生了冲动。他将手伸进口袋，抓住那张照片。

“你要动机？我就给你动机！”他将照片摔在江津子面前，“瞧瞧吧！”

“这是？”

“俊二五岁那年的照片。和你的女儿一模一样。这也太像了。为什么像？我猜——”

“俊二是我丈夫的表弟……”

江津子抿紧双唇。

“不！你女儿之所以那么像俊二小时候的样子——”木曾调整呼吸后说道，“是因为他才是加代子的亲生父亲！”

两人之间又是一片死寂。

江津子脸色惨白。木曾终于有了胜利的预感。他的推论是正确的。冷酷的女子终于有所动摇。一张照片冻住了她的视线。这令木曾颇为满足。

她抬起头，视线也不再放在照片上了。她正用浑身的力量忍耐着什么。

“请回吧。我不想再听您的诽谤污蔑了。”

“您是说这也是‘童话’不成？”

木曾将照片放进口袋，说道：“没错。是最肮脏的童话……我是精一郎的妻子，不允许你侮辱我的清白。”

“你亲手杀死了你女儿的亲生父亲——”

“我不是嫌烦。我没有义务再听下去，”她站起身，用冰冷的声音说道，“请回吧。”

木曾起身。追问到此结束。正如她所说，木曾并没有权利留在这里。但他坚信，总有一天他会卷土重来。

他坐在玄关，找鞋穿，忽然瞥见挂在墙上的鞋拔，像是专给客人用的。

他盯着鞋拔，问道："这两天有客人来过？"

"没有。"

她就说了两个字。木曾伸手将长长的鞋拔塞进鞋子里。这时，鞋拔突然断了。是木曾故意折断的。

木曾回头说道："不好意思，我这就去买根新的。"

"不用了。"

"这可不行，明天我就拿新的过来，告辞……"

他打开大门，将断了的鞋拔塞进口袋。深夜的寒气扑向脸颊时，玄关的电灯就熄灭了。

鞋拔！

他忽然想起女佣曾说过，笹部的鞋太小了，很不好穿。他穿鞋的时候，自然联想到了这件事。

难穿的鞋。长长的鞋拔。

笹部会不会用过那鞋拔？他绝对来过江津子家。如果能从鞋拔上发现他的指纹，不就能成为笹部用吉来过江津子家的铁证吗？

木曾没能逼她招供。她差点儿就撑不住了。但她没有注意到鞋拔的问题。这兴许就是破案的突破口。指纹！将笹部与江津子联系起来的唯一证据！

夜路上，木曾仍在思索，可惜他没有察觉自己的错误。

他岂会知道他离开江津子家后，那里究竟发生了什么……

第十四章　崩　溃

把眼泪擦干吧

月姬死了

天空一片黑暗

月姬的坟墓

在云朵里

跟温柔的月姬

说再见吧

次日早晨。

木曾一到警局，就去了鉴识课办公室。大概是时间还早，屋里只有一个年轻课员在看报纸。

“您可真早啊，”对方抬起头来，“有什么事吗？”

“帮我查一查这个，”木曾将折断的鞋拔递给他说，“查指纹。”

“谁的指纹啊？”

“笹部用吉的。应该能查到。”

“这究竟是哪儿来的啊？”

课员兴致盎然。

“新参町。木崎江津子家。”

“那家伙去过江津子家？”

“总而言之，”木曾懒得解释，“赶紧帮我查一查，我想尽快知道结果。如果真有笹部用吉的指纹，那两起杀人案就能一块儿破了。”

“那可不得了，”课员用开玩笑的口气说着，但拿着鞋拔的手却很小心，“我这就查。”

“拜托了，我在主任那边……”

木曾走出办公室，去找主任，可主任还没来上班。于是他便回办公室抽了根烟。

山野刑警将报纸丢在一边，看了看木曾。

“可恶，这群记者就是狗嘴里吐不出象牙……”

“怎么了？”

“瞧瞧这篇报道——‘上田市被死亡的阴影所笼罩，旅游旺季在即，市民惴惴不安’，什么玩意儿啊，这岂不是危言耸听吗！”

电话响了。山野拿起听筒：

“喂……这里是搜查组……什么？”

他的嗓门突然变高了。

“当真？今天早上吗？孩子呢？是吗？哦，好，谢谢……”

山野放下听筒，用一脸难以置信的表情说道：

“木崎江津子死了。”

“什么？”木曾惊得跳了起来，椅子都倒了，他怒吼道，“谁干的？”

“说是自杀。又是隔壁那个高中老师报的警。他听见孩子在哭，就过去看了看，发现江津子躺在被窝里，身子都凉了。枕边还放着遗书……”

没等山野说完，木曾就冲出了房间。他拖出一辆自行车，拼命踩着踏板。

早晨的风敲打在木曾脸上。

一小时后，警方结束了案发现场的搜查工作。

木崎江津子躺在红蓝两色的唐草团被窝里，脸颊埋在被褥中。干净的白色被罩外，是一双紧闭的眼睛和丰盈的乌发。

死亡时间是十二点前后，也就是木曾告辞后的三四小时后。死因是氰酸钾中毒，与笹部用吉一样。

木崎江津子留下了遗书。白色信封上写着“各位收”字样。现场调查结束后，警方在阵场夫妻的见证下打开了信封。唯有江津子的母亲没有离开遗体半步。她端坐着，干枯的手掌摆在女儿冰凉的额头上。线香冒着细烟。那味道甚至飘到了读遗书的人们所在的房间。

阵场医师的妻子用手帕捂着脸,躲在丈夫背后。她呜咽着，肩膀微微颤抖。

来不及了。警官刚回去。我知道他的脚步总有一天会回来的。必须在那之前把这封遗书写完。请原谅我潦草的笔迹吧。

警官猜得一点不错。我才是杀害须贺俊二与笹部用吉的凶手。他连我的犯案手法和计划都猜得八九不离十，真是太让我吃惊了。

我曾坚信他没有确凿的证据来证明他的推论，也不可能找到证据。

我太愚蠢了，沉醉在了自己的计划中。我还很放心，觉得计划绝不会出纰漏。

警官告辞时，挂在门口的鞋拔断了，他还把那断了的鞋拔带走了。那时我并没有起疑。十分钟后才发现……

我回过神来，想起那鞋拔上有笹部的指纹！我回忆起警官的态度——他将折断了的鞋拔小心翼翼地放进口袋。我这才明白警官打的是什么主意。脚步声定会再次在门口响起。我害怕双手被铐上的那种冰凉触感。

一切都结束了。

前天，笹部找到我家时，我甚至没想起他是谁。

“电影院……上个月二十六日……夫人，我就是你旁边那个人。”

我吓了一跳。电影院里的龌龊一幕令我头晕目眩。

“请问您是哪位？”

我只得冷静地问道。他奸笑着说道：

“您愿意花多少钱买我的指纹啊？”

警官找过笹部之后，他就想明白了这事。当时我从电影院逃跑了，被他一路追着跑。我逃进了新参町的小路。正巧有个学生的父亲迎面走来，我就对他说：

“有个可疑人物在跟踪我……”

于是他就帮我瞪了笹部一眼。笹部只得转弯离开。笹部还记得这事。

“要找那个男人简直轻而易举。警官告诉我说，我的指纹在某张莫名其妙的明信片上，差点儿没吓死我。那天我先去了趟摩托车修理厂，再去的电影院，然后一路跟踪你，最后去香烟店买了盒烟。我手上有墨水。警官说，明信片上的指纹又有油，又有墨水。这么一说，我就想明白了。”

说着，他还向我投以色迷迷的眼神。

“听说你是个寡妇啊。这么年轻漂亮，每天独自入睡多寂寞啊。我也不想逼你给我钱嘛……”

他的要求很明确。我先给了他一万，让他明天再来。杀意让我的身心冰凉透顶。

行凶手法正如警官所说。威士忌是在长野站的小卖部买的。为了搞到一张包装纸，我去那家食品店买了奶酪。

替我打电话给旅馆的应该是名古屋那边的人吧。他在营业所那边说要去善光寺看看，然后就回家去了。

我在报上看到了暴力团“竹市组”的干部的名字，杀害俊二之后，我就用假名把凶刀寄给了他。那种人即使收到沾血的刀，也不会报警的。我还在信封里塞了张纸，写着“小心点”。但我不能说我为什么会知道俊二的血型。

警官对明信片的推理也让我大吃一惊。为了让加代子相信“月姬”的存在，我不得不编出一篇长长的童话来。现在想想都觉得心痛。一年前，也就是加代子五岁时，我就开始给她反复讲这个故事了。

通往月亮的桥梁、七色的彩虹桥……我用千代纸做了七色纸袋，在里面各放了一张明信片，交给加代子。七张明信片送到月姬那里时，就会变成七色的彩虹桥，把月姬送到她身边。孩子睁着闪亮亮的眼睛，听着我讲给她的童话故事……

一开始我在明信片上写的收信人是我自己，地址也是我家的。赤橙黄绿青蓝紫。当我收到七张明信片的时候，我就给加代子送去月姬的礼物，转达月姬的话。加代子从没见过月姬，可早已心驰神往了。

这个方法能确保她按照顺序寄出明信片。行凶前夜。我又在七色信封里放上了七张明信片。除了我需要的那两张，其他的是寄给孤儿院的慰问信，当然用的也是假名。我相信，那两张明信片会隔天送到警局。

警官没有推测出来的，应该都写在这儿了。

但请转告那位警官。我敢抬头挺胸地说，我从没做过对不起我丈夫的事情。精一郎永远活在我心里。他就是我的全部。

——那你为什么要杀死俊二呢？

警官肯定会这么问吧。

我不能说。

我制裁了自己。请原谅。

加代子在闹脾气呢。希望他能等我哄加代子睡着之后再来……

来不及了。各位警官，麻烦各位将情况解释给我母亲和哥哥听吧。

母亲，哥哥，嫂子。

永别了。

加代子就拜托你们照顾了。

今后她会走上怎样的人生路?

永别了，加代子。

永别了，各位。

屋里鸦雀无声。阵场医生的妻子突然走出屋子。人们听见她的恸哭声从远处传来。

读完遗书，主任喃喃道：

“我就不明白了，她都把案情解释得那么详细了，为什么不把杀死俊二的动机写清楚呢……”

主任将视线转向阵场医师，问道：

“你知道吗？”

“不，”他脸色惨白，摇摇头说，“为什么我妹妹要杀他……江津子为什么要策划这种事……她……她不是那种人啊……”

阵场医师再也说不出话来。木曾眼看着泪滴在他脸颊滑落。医师甚至没意识到自己在哭。

木曾跪坐在地，手紧握膝盖，几乎把膝盖握碎了。自责与后悔在他心中交错。他在心中咒骂着昨晚的轻率。

就没有其他办法了吗？警方差点就能将江津子绳之以法了。可江津子走了，去了很远很远的地方，去了绝对安全的地方。都怪我，都是刑警木曾俊作的错……

“主任！”他抬起头来，“都怪我……都怪我……”

“阿俊啊，”主任凝视着木曾的双眸，“今晚搜查会议上再说吧……”

主任将重音放在了“搜查会议”上。其中的意思，只有他们俩才明白。

木曾强忍着心中的内疚。

年轻警官悄然来到门口，说道：“鞋拔上查出了筐部的指纹。”

主任点点头道：“辛苦了。”

案件突然进入收官阶段。然而人们心中仍有一大块空白，毫无填补之法。

杀害俊二的动机究竟是什么？

案件尚未终结。不，一切从江津子的死开始……

终章　月女抄

乖乖睡吧

妈妈也要睡了

月姬不会再来了

可是总有一天

新的月姬会诞生

等你长大了

会和你成为好朋友

带来幸福的月姬

那一幕

仿佛就在妈妈眼前

五月。

信州的樱花开得迟，但到了五月也都凋谢了。微风吹过，绿叶摇曳。风中满是新鲜的气息。不时走到窗边，深呼吸一下成了刑警们的习惯。就好像整个肺都被染绿了一样。

“来点儿叶绿素吧……”

木曾开着玩笑，加入了其他刑警的行列。

一天，一位老妇人推开刑警办公室的大门。

“请问木曾警官在吗？”她对入口处的警官说道，“我是六文钱书房的须贺，有些东西想给他看。”

木曾站起身：

“啊，是您啊，好久不见！”

原来是俊二的母亲。一见木曾，她那张满是皱纹的脸上露出羞涩的笑容。

“好久不见了，是这样的，最近我在整理俊二的遗物，没想到在他房间的画框中间发现了这个……”

木曾接过俊二母亲手中的东西。

“哦？是笔记本啊？”

“是日记。他一时兴起时会写两笔。入狱前的事情、出狱后两三天的事情都写了。”

“您就拿来了？”

“是的，里头还提到您了。看了这个，您兴许就能明白俊二为何会死，江津子夫人又为何会带着秘密自杀了……”

这句话让木曾倒吸一口冷气。神秘的动机都在这本日记里！

“我原本打算把这秘密带进坟墓里，心想这对俊二，对江津子夫人，”她继续说道，“不，是对所有活着的人都好。可我思前想后，还是拿来了。俊二本有事情想拜托您，这回就让我这个母亲代他求您吧……”

“此话怎讲？”

“其实……加代子是我的孙女……”

说到这儿，她再也无法忍耐，终于放声大哭。木曾猜中了。然而他只猜中了结果，并没有猜中那过程。

木曾翻开日记。

本子中用细笔写着小字。与其说是日记，不如说是“手记”来得更贴切。最开始的部分尽是对江津子的思慕之情。

木崎精一郎是俊二的表哥。而俊二却偷偷爱上了表哥的妻子。他的苦恼与颓废的生活就此开始。江津子并不知道俊二对她有意。当然精一郎也不知道。俊二不愧是个参加过文学社团的文学青年，就连当时的心境，都是用文绉绉的语句写成的。

木曾跳过了这部分。

痛苦中，俊二放纵着自己。他很从容。夸张的形容词便是最好的证据。

让木曾心里一惊的，是日记的后半部分。

×月×日

好可怕的夜晚。现在的我不是人。是野兽。这是野兽说的话。写字的手都在颤抖。在颤抖的不光是手。我的心，我周围的世界都在颤抖。我像个畜生一样，趴在地上写这些文字。

今天晚上，我去了精一郎家。我知道他跟同事旅游去了。所以我才会过去的吧，太卑鄙了。我太不堪了。

她睡着了。娘家母亲坐在枕边。说是她今晚犯了胃痉挛，她哥哥刚把病情稳定下来，打了安眠药。她睡得很熟。

精一郎的父亲参加了市议会的视察旅行，下午就出门了。她妈妈见我来了，还露出放心的神色，说：

“不好意思，我想去洗个澡。她正睡着，应该没什么事儿。能不能请你照顾她半小时啊？”

我答应了。她母亲高兴地走了。房间里静悄悄的，只有我们俩。她的睡脸比平时更美丽。我听着她呼吸的声音，凑近她的脸，闻着她的发香。

就在这时，我成了野兽。我难以自已。我的手扒开了她的衣服。我成了一匹雄性野兽。她皱了皱眉。我很快完事了。在她一无所知的时候。结束时，我发现自己哭了。

她母亲回来时，我飞也似的冲出房间……

这段文字令木曾惊愕不已。原来俊二强奸了梦中的江津子！充满自虐与自嘲的文字，让木曾体会到俊二的悔恨。江津子是他的偶像。而他却玷污了她。然而，江津子对此一无所知。

×月×日

我诅咒我的婚姻。这碌碌无为的生活究竟要持续到何时。一步走错，两人的距离就会越来越远。我忽然想起了精一郎的死。我简直无地自容。背叛他的事实，成了无尽的折磨。他并不知道，我有多么爱她。

×月×日

妻子离开了我，我也答应了。她说，“我们暂时分居一段时间吧。”可我很清楚，这事绝不会是“暂时”。她是怕脸面挂不住。也难怪啊。我们已经好几个月没有房事了。

不是我故意不亲近妻子。而是我的皮肤，我的身体碰过了“她”，就再也不想碰别人了。

离别时，她满口憎恶之语。太爽快了。我最害怕的莫过于哀求、怜悯与容许。看着妻子离去的背影，我微微低下头。她肯定没发现吧。

×月×日

她生了个孩子。是个女孩。取名为加代子。我带着贺礼上门祝贺，可精一郎收下时面无表情。这让我很奇怪。

他好像有什么心事。

我早早离开了。出了那件事后，我再也不敢正视他的脸。可他的表情让我很是在意。他为什么不高兴呢？

×月×日

精一郎在妙义山出事死了。难以置信。他爬过那么多山，为什么会从那块石头上掉下去呢？

看着她哭成泪人，我真的好心疼。她是如此爱精一郎。孩子出生才两个月。她找我商量葬礼的事情。我嘴上在回答，可心里却在想其他事情。已经没人能束缚她了。我的眼睛透过她的衣服，描绘着那天夜里的光景。不知廉耻！畜生！下地狱去吧！

×月×日

该从何写起呢……这一发现让我茫然无措。决定性的事实，我简直难以置信。然而，这是左右我人生的大事，必须按顺序好好记录下来。

今天我发现了精一郎的遗书。我一直能自由借阅精一郎的藏书。这也是我见她的口实。她只允许我一个人自由出入精一郎的房间。

我平时只借文学书。可今天为了查一个单词，机缘巧合地抽出一本法日大辞典。正要塞回书架，却发现封面鼓起来一块。我随手一抽，一张折成两半的信纸就出来了。

那正是他的遗书。

他的死不是意外，而是伪装成意外的自杀。遗书本放在他的衣橱里，上面写着“看完后烧了”，可她还是没舍得烧。遗书的内容，是她难以理解的。她定是想将它保存到能看懂的那一天。而我却发现了这封遗书。我知晓了一切。上面写着只有我能理解的事实……

这部分的记述足有几页。木曾扫视着细小的文字。

遗书是留给江津子的。木崎精一郎道出惊天秘密——他患有无精子症。上大学时，他在医科同学的唆使下，一时兴起跑去查了查，才发现了这事。结婚前他又查了一次，结果还是如此。他瞒着这件事，和江津子结了婚。他之所以如此宠爱妻子，也是出于隐瞒事实的负罪感。对他而言，父爱是多余的，所以他就将这份爱倾注在了江津子身上。

就在此时，江津子怀孕了。他很是烦恼。科学否定了妻子怀孕的可能。然而她还是生了个女孩。疑惑在他心中形成黑色的想象。红杏出墙的妻子。江津子定是瞒着丈夫，与人私通。

遗书中，他还隐约写出了嫌疑人——他的父亲。然而他不能和妻子离婚。他是个高中老师，父亲又是市议会议员，算是名门望族。再者，他又要用什么借口和妻子离婚呢？要离婚，就不得不将那难以启齿的秘密公之于众。他无路可走，连“奸夫”的名字都不敢问。

胆小的精一郎在烦闷中度日。他想到了死。死了，就一了百了了。

可要是自杀，众人定会追究其原因。人言可畏。实在是受不了，于是他才萌生出假装成意外的主意。

他只想把真相告诉江津子。他将遗书放在衣橱深处，这样一来事故发生几天后江津子就能发现了。他去了妙义山。遗书中，他为自己的行为而道歉，还写道“我原谅你的行为”。

然而江津子看不明白。精一郎，你在说些什么？加代子怎么会不是你的孩子呢？相信我，我是清白的！她对遗书呐喊着。

错了！都错了！

俊二偶然发现了这封遗书。看完遗书时，江津子正好进屋来了。

木曾仿佛能看见当时的光景。

×月×日

加代子！我的眼睛总是注视着你稚嫩的笑脸。我的手总想去抱抱你，真想将你拥在我的胸口。加代子！听我说！我去不了你那边！太远了。我们之间有着无限的距离。我无法接近你。不，是不能接近你。我就是这么想的。世界上就是有这样的父女。

×月×日

忍无可忍了。今晚，我当着她的面说了。加代子的睡脸，给了我狂暴的勇气。

我哭了。边哭边喊：

“她是我的女儿！”

她冷冷地说道：

“滚。”

“我不走！我是她的亲生父亲！”

“加代子是精一郎的孩子，是我跟精一郎的孩子。”

“你看到遗书了吧！那是最好的证据。这件事只有我知道！”

“是精一郎误会了。”

"可以做个血型鉴定。我是AB型的。江津子，科学会证明一切！"

"别说了！你要逼死我吗？"

"我只是在说事实啊！"

她突然浑身颤抖，哭了起来。我仿佛在泥沼中挣扎一般，脸上又是汗水，又是泪水。我扑向加代子：

"加代子，我才是你爸爸……"

突然，她给了我一巴掌。我喊道：

"杀了我吧！像踩死蝼蚁一样踩死我吧！"

她泣不成声。

木曾眼看着他的生活越发颓废，沉迷于酒精之中。

过失杀人案就是这么发生的。日记中并没有提到狱中生活，但木曾在最后一部分看出了玄机。

×月×日

透过铁窗看到的天空很小，四四方方的。今天我终于见到了广阔无垠的天空。解放感充满我的胸口。回到家中，我庆幸我还活着。

明天给她打电话吧。案发当晚，我去她家，原想杀了她和加代子再自杀，没想到竟有意外的收获。

她听完我的话，喃喃道：

"我等你。等多少年都行。你去自首吧。这才是最好的方法。”

我简直不敢相信自己的耳朵。她终于接受了我。她终于接受了事实。

疯狂的一夜后，我再也没有搂过她的肩。可那天我终于能搂住她了。泪如泉涌。我的脸埋在她的肩膀。她的肩膀也在颤抖。

狱中，我为了熬过痛苦的日子，无数次呐喊。

江津子、加代子，等我。马上就能见到你们了。我要赌上下半辈子，让你们过上好日子！

×月×日

我听见了江津子的声音。她说要给我开个庆祝会。我心里洋溢着幸福。差点喘不过气来。

我想起案发后遇见的那位上田署刑警，木曾警官。入狱时我就下了决心，结婚那天一定要让木曾警官做个见证——见证我们一家三口踏上新的人生路。

我们一家的人生。我们一家的——明天起，我就不是孤单一人了。

手记到此为止。木曾抬起脸。他仿佛能从字里行间听见江津子的恸哭。蓝色墨水写成的小字里，满是悲痛。

那晚，俊二激动万分地来到江津子家。然而等待着他的，是凝聚的杀气。

江津子没有原谅俊二。杀死俊二，是为了保护加代子。她这辈子只有精一郎这一个丈夫——

木曾沉默不语。俊二的母亲幽幽地说道：

“警官，俊二实在是太可怜了。加代子是我孙女。您能不能帮个忙，让我来照顾加代子呢？我会好好把她养大的。这也是俊二的心愿啊……”

“可那样对加代子真的好吗？”

木曾凝视着老妇人的笑脸问道。

“但她是俊二的……”

“我知道，可是我们并不能决定谁是那孩子的父亲。只有——”

木曾语塞。他犹豫了。能决定加代子父亲的人，早就不在了。

傍晚。

木曾来到阵场医院的会客室，与医师对面而坐。

待木曾解释完俊二日记中的内容，医师说道：

“加代子是江津子的女儿，也是精一郎的女儿。她是木崎家的长女，我会负起责任，好好照顾她的。那是我妹妹用性命守住的秘密，我也会把这秘密带进坟墓里。”

他的口气是如此坚定，木曾难以反驳。

两人无言地呼吸着屋里静悄悄的空气。

阵场医师突然说道：“我终于明白……江津子为什么会想出用童话作案的计划了……”

“哦？”

“那是很久很久以前的事了，十五六年前吧……”阵场医师望向远方，“想当年我也是个文学青年。我参加的一本同人杂志里有个叫伊原的人，他写了个月女和青年恋爱的故事，就发表在我们杂志上……”

医师边回忆，边道出“月女抄”的梗概。还将男子发疯后的奇妙言行与自杀时的情形告诉了木曾。

“江津子那时只是十七八岁的少女。她很喜欢看我们的杂志，听到伊原的死讯时曾皱着眉头说：‘哎呀，他死了啊……不过这样多浪漫，多美好啊。现在伊原先生肯定在月姬怀中做着美梦呢。’看来那故事给我妹妹留下了深刻的印象……”

房间里越发昏暗。夕阳西下，窗外仅剩微弱的白光。

月亮出来了吗？

“加代子今后会走上怎样的人生路啊……”

阵场医师喃喃自语。

木曾闻言登时想起，遗书的最后，江津子好像也写到了这句话……